Jimín Mháire Thaidhg

'An Seabhac' a scríobh

(Pádraig Ó Siochfhradha)

Le caoinchead ó mhuintir Uí Shiochfhradha

Eagrán caighdeánach neamhghiorraithe

Foras na Gaeilge

Jimín Mháire Thaidhg

'An Seabhac' a scríobh
(Pádraig Ó Siochfhradha)

Ríona Nic Congáil : Eagarthóir

Andrew Whitson : Maisitheoir

An tSnáthaid Mhór : Foilsitheoir

Clár

Réamhrá...10

Fáilte roimh 'Jimín'......................................19

I. Mar a tháinig Jimín ar an saol is mar a chuir sé dúil i gcíste milis...21

II. Broid a mháthar ar Jimín is an bás a thug seisean don mháistir...29

III. Scéal na gcnaipí i mbríste Jimín is mar a d'fhógair Cáit sos comhraic..41

IV. Mar a n-insítear íde an chait, scéala an aonaigh is ceannach na mbróg do Jimín...........................49

V. Mar a n-insítear scéala na Nollag is dúthracht Jimín don ghandal...61

VI. Lá an Dreoilín............................75

VII. Mar a briseadh cleamhnas Pheats Tcaimí............99

VIII. Pósadh Thaidhg Óig agus Nell Mháire Aindí....111

IX. Mar a chuaigh Jimín ar seachrán farraige..........121

X. Mar a chuir Jimín spiaire i dteannta.................133

XI. Jimín is an mheitheal ag baint na móna.............143

XII. Púca Bheit Móire ar thóir Jimín....................153

XIII. Rás na naomhóg i gCuan an Duilisc.............163

XIV. Oíche iascaigh.......................................173

XV. Mar a chuaigh Jimín le sagartóireacht............191

Slán le Jimín!...202

Gluais...205

Réamhrá

Ríona Nic Congáil

Sa bhliain 1883 a rugadh Pádraig Ó Siochfhradha i mBaile an Ghóilín, gar don Daingean i gContae Chiarraí, agus mhair sé go dtí an bhliain 1964. Ar nós cuid mhaith dá chomharsana, bhí labhairt na Gaeilge agus an Bhéarla aige le linn a óige, cé nár fhoghlaim sé léamh ná scríobh na Gaeilge ar scoil. Fad is a bhí Ó Siochfhradha ag fás aníos, bhí Athbheochan na Gaeilge ag leathnú ar fud na hÉireann agus thar lear, faoi stiúir Chonradh na Gaeilge. Ag tús an fichiú haois, thosaigh Ó Siochfhradha ag glacadh páirt in imeachtaí agus i gcraobhscaoileadh aidhmeanna Chonradh na Gaeilge i gContae Chiarraí. Chaith sé seal mar thimire (nó mar mhúinteoir taistil) de chuid an Chonartha, agus bhí baint mhór aige le Craobh Uíbh Ráthach de Chonradh na Gaeilge, craobh inar chuir sé an Ghaeilge chun cinn mar theanga bheo.

Thart faoin mbliain 1902 a thosaigh Ó Siochfhradha ag foilsiú as Gaeilge. Táthar ann a chreideann gur roghnaigh sé féin 'An Seabhac' mar ainm cleite, nós coitianta i measc scríbhneoirí Gaeilge na tréimhse

sin, ach tá tuairim eile ann gur tugadh 'An Seabhac' ar Phádraig Ó Siochfhradha mar gheall ar a luas i mbun oibre. Pé tuairim is gaire don fhírinne, ba dhuine iltréitheach é An Seabhac a d'oibrigh go dian ar son chur chun cinn na Gaeilge le linn a shaoil, bíodh an litríocht, an béaloideas, nó an t-oideachas i gceist.

In 1908 ghlac An Seabhac le ról an eagarthóra ar *An Lóchrann,* iris dhátheangach mhíosúil a dhírigh ar phobal léitheoireachta i gCiarraí agus i gCorcaigh. Faoin am gur athsheoladh *An Lóchrann* mar iris lán-Ghaeilge sa bhliain 1916, d'aithin An Seabhac go raibh borradh tagtha faoi cholúin agus scéalta do pháistí sna nuachtáin agus sna hirisí náisiúnta. Theastaigh uaidh bheith ag freastal ar mhianta léitheoireachta pháistí na Gaeltachta - an chéad ghlúin a d'fhoghlaim léamh agus scríobh na Gaeilge sa chóras scolaíochta, a bhuíochas sin le stocaireacht Chonradh na Gaeilge - agus bheartaigh sé páistí áitiúla a ghríosú le hábhar léitheoireachta a scríobh dá iris trí chomórtais scríbhneoireachta a fhógairt.

Ar an mbealach sin, chuir sé aithne ar thriúr cailíní scoile (idir 12 bhliain agus 14 bliana d'aois) a raibh féith na scríbhneoireachta iontu: Máire Ní Shéaghdha agus Brighid Ní Shíothcháin as Uíbh

Ráthach, agus Brighid Stac as Baile an Fheirtéaraigh. Idir 1916 agus 1918, d'fhoilsigh An Seabhac cín lae na gcailíní scoile sin in *An Lóchrann,* ina ndearna gach cailín den triúr cur síos ar mhí dá saol. Thug na cailíní scoile léargas ar a dtaithí féin ar shaol laethúil an duine óig i nGaeltacht Chiarraí, ar an gcóras oideachais comhaimseartha, agus ar ócáidí an phobail (cleamhnais aimsir na hInide, turais go dtí an Daingean, meitheal ag obair ar an bportach, srl). Níl aon amhras ann ach go raibh glórtha mí-ómósacha agus iompar rógánta, greannmhar na gcailíní scoile sin mar fhoinsí inspioráide don charachtar Jimín Mháire Thaidhg ina dhiaidh sin.

Foilsíodh *Jimín Mháire Thaidhg* mar shraithscéal in *An Lóchrann* ar dtús, idir mí Dheireadh Fómhair 1919 agus mí na Nollag 1920. Fad is a bhí An Seabhac á chumadh, ba léir go raibh sé ag iarraidh smaointe agus ionchur a fháil ó léitheoirí óga *An Lóchrann.* Thuig sé céard a thaitin le daoine óga na Gaeltachta ó chomhfhreagras na ndaoine óga sin leis *An Lóchrann,* agus bheartaigh sé carachtar a chruthú a thabharfadh léargas ar ghnéithe den saol laethúil a raibh taithí acu air. Ba mhór an difríocht idir *Jimín Mháire Thaidhg* agus gach saothar ficsin Gaeilge eile a cumadh

do pháistí i rith ré na hAthbheochana. Peirspictíocht an bhuachalla óig Ghaeltachta, trí bliana déag d'aois, a chuir An Seabhac ar fáil trí charachtar Jimín agus thug sé tús áite don ghreann agus do spraoi na hóige ina leabhar. Os a choinne sin, sa tréimhse chéanna, ba nós le cuid mhaith scríbhneoirí Gaeilge eile scéalta do pháistí a chumadh ó pheirspictíocht an duine fhásta, agus ba mhinic a bhí na scéalta céanna breac le tuairimí polaitiúla ar mhaithe le léitheoirí óga a mhealladh i dtreo an náisiúnachais agus an náisiúnachais chultúrtha.

Bhí an chéad eagrán de *Jimín Mháire Thaidhg* bunaithe ar an sraithscéal in *An Lóchrann*. Bhí antóir ar an leabhar ón tús, agus beartaíodh eagrán scoile den leabhar a fhoilsiú sa bhliain 1921. Taobh istigh de chúpla bliain, tháinig méadú mór ar dhíol an eagráin scoile toisc gur glacadh leis mar théacsleabhar scoile i gcóras oideachais nua an tSaorstáit, córas oideachais a thug tús áite don Ghaeilge. Ach ba mhór an difríocht idir an chéad eagrán de *Jimín Mháire Thaidhg* agus an t-eagrán scoile: 15 chaibidil a bhí sa chéad eagrán; 12 chaibidil a bhí san eagrán scoile. Fuarthas réidh le trí chaibidil: dhá cheann a bhaineann le cúrsaí cleamhnais agus an pósadh agus

ceann eile a bhaineann le púca an té atá marbh.

Sa chéad eagrán de *Jimín Mháire Thaidhg,* feictear trí shúile Jimín gur margadh fuarchúiseach tráchtála é an cleamhnas, seachas rud ag eascairt ó chaidreamh grámhar. I ndiaidh do Jimín a ladar a chur isteach i ngnó an chleamhnais - agus an cleamhnas a bhriseadh - pósann na leannáin a bhfuil grá acu dá chéile. Déanann Jimín cur síos ar na leannáin ag pógadh i ndiaidh na bainise, ach tá an radharc sin fágtha ar lár san eagrán scoile. Sa tríú caibidil atá fágtha ar lár san eagrán scoile, tá Beit Mhór i ndiaidh bás a fháil, ach creideann Jimín go bhfuil púca Bheit Móire sa tóir air féin agus ar a chara Micilín Eoin toisc gur ghoid siad uibheacha ó chearc a bhí ar gor aici tráth. D'fhéadfaí a rá nach bhfuil An Seabhac ag tabhairt ómóis don té atá marbh sa chaibidil sin, nó go bhfuil sé ag cur piseog agus págántacht chun cinn, nó go bhféadfadh an chaibidil sin scanradh a chur ar léitheoirí óga. B'fhéidir go bhfuarthas réidh leis an gcaibidil sin ar na cúiseanna sin uilig. Nuair a chuirtear an dá eagrán de *Jimín Mháire Thaidhg* i gcomparáid lena chéile, feictear go bhfuil roinnt tagairtí do chaidrimh ghrámhara, do bhreith leanaí, don saol osnádúrtha, agus do choimhlintí idir chomharsana

fágtha ar lár san eagrán scoile. An Seabhac féin a réitigh an t-eagrán scoile, más fíor dá dheartháir, Mícheál Ó Siochfhradha, ach ní fios an raibh baint ag an bhfoilsitheoir freisin leis an gcinneadh caibidlí agus ábhair ar leith a fhágáil ar lár. An t-eagrán scoile a foilsíodh arís is arís i rith an fichiú haois, fiú san eagrán scolártha *Seoda an tSeabhaic* (1974). Go deimhin, bunaíodh an t-aistriúchán Béarla, *Jimeen* (1984), ar an eagrán scoile freisin.

Tá an leagan sa leabhar seo bunaithe ar an gcéad eagrán de *Jimín Mháire Thaidhg,* sula bhfuarthas réidh le tagairtí don ghrá, don chollaíocht agus do phúca Bheit Móire. Beartaíodh an Ghaeilge chaighdeánach a úsáid sa leagan seo, seachas an chanúint Chiarraíoch a úsáideadh sa chéad eagrán, ionas go mbeadh scéal Jimín ar fáil do lear mór léitheoirí. Tá sé tráthúil *Jimín Mháire Thaidhg,* an carachtar is cáiliúla agus is spraíúla i litríocht Ghaeilge na n-óg, a chur os comhair léitheoirí na Gaeilge in athuair, beagnach céad bliain tar éis do Shean-Bhríd é a aimsiú san fheamainn ar bharr taoide.

Tuilleadh léitheoireachta:

Brian Mac Maghnuis, 'In Oiriúint do Pháistí Scoile: Leagan Scoile an tSeabhaic de *Jimín Mháire Thaidhg*,' in *Thar an Tairseach: Aistí ar Litríocht agus ar Chultúr na nÓg, eag.* Róisín Adams, Claire Dunne agus Caoimhe Nic Lochlainn (Baile Átha Cliath: LeabhairCOMHAR, 2014), 19-34.

Ríona Nic Congáil, 'An Seabhac agus Tionchar an Oideachais Leanbhlárnaigh,' in *'Rí na Gréine': Aistí i gCuimhne ar An Seabhac, eag.* Deirdre Ní Loingsigh, Lesa Ní Mhunghaile agus Ríonach uí Ógáin (Baile Átha Cliath: An Cumann le Béaloideas Éireann, 2015), 47-70.

Fáilte roimh 'Jimín'

Go maire tú, a Jimín, is an máistir a dúirt leat scríobh,
Nár chrapa a cuisle, san fheamainn a fuair tú i do naíon,
Do mham is í ar buile ar do shála le fuadar nimhe,
Is daid bocht ag rince le háthas — ní mór linn díbh.

Cás linn gan tuilleadh soláthar dúinn grinn is suilt,
'Seáinín' is tusa na cairde is suairce againn,
Fáilte romhat chugainn ón trá úd gan ghruaim, a mhic,
Is dá fhad againn a fhanfaidh tú le do gháire is móide ár gcion.

'Marbhán'

1919

Caibidil 1

Mar a tháinig Jimín ar an saol
is mar a chuir sé dúil i gcíste milis

An Máistir a dúirt liom é seo a scríobh le cur go dtí An Lóchrann. Cuntas a scríobh mar gheall orm féin — sin é a dúirt sé a bhí uaidh. Ní fheadar cad ab áil leis An Lóchrann dá leithéid sin. B'fhéidir gurb amhlaidh atá an fear a bhíonn ag scríobh dó róleisciúil chun a thuilleadh a chur síos. Bíonn an Máistir féin róleisciúil uaireanta aon rud a dhéanamh agus cuireann sé ag léamh sinn agus téann sé féin amach sa phóirse ag caitheamh tobac. Rug cigire lá air ann. Ní maith leis an Máistir cigirí ar shlí éigin. Ní maith liom féin na cigirí sin, leis. Bhí fear acu sa scoil inné agus níor labhair sé aon fhocal Gaeilge leis an Máistir. B'ait linn é sin mar bhí sé ag baint sásamh de ina taobh.

Tá sé chomh maith agam tosú ar an gcuntas úd. Ní fheadar i gceart cá dtosóidh mé. Dúirt an Máistir liom m'ainm a chur síos ar dtús, ach ní féidir dom anois é a chur síos ar dtús mar tá barr an pháipéir seo lán. Cuirfidh mé anseo é: Jimín Mháire Thaidhg. Is mise Jimín. Tá ainm eile, leis, orm: Séamas Ó Breasail. Sin é an t-ainm atá ar mo Dhaid, ach níl aon toradh ar mo Dhaid bocht sa teach seo agus ní thugann éinne a ainm sin ormsa ach ainm mo Mham. Is í Máire Thaidhg mo mháthair, tá a fhios agat. Is iontach an duine Mam. Bíonn eagla orainn roimpi — mé féin is Daid. Tugann sí sceimhle do Dhaid uaireanta. Sin é cúis go bhfuil Jimín Mháire Thaidhg ormsa.

Rugadh mé fadó fadó. Ní cuimhin liomsa cathain, ach deir Sean-Bhríd go bhfuil trí bliana déag ó shin ann. Deir sí go raibh ár dteachna an-mhór trína chéile an oíche a tháinig mise ann. Bhí gach éinne ina shuí feadh na hoíche. Sean-Bhríd féin a fuair mé san fheamainn ar bharr taoide. Bhí sceitimíní orthu go léir i mo thaobh. Bhí mé ag béicíl ar mo dhícheall. Tháinig mná an bhaile go léir isteach agus bhí siad ag féachaint orm.

'Is breá an t-uchtach atá aige, bail ó Dhia ar an leanbh!' arsa Peig Neans.

'A mhuiricín!' arsa Síle Eoin. 'Nach baileach a thug sé dhá shúil Shean-Taidhg leis?'

'Grá Dé, a óinseach!' arsa Máire Aindí. 'An caoch atá tú? Nach bhfeiceann tú gur Breasalach cruthanta é? Nach in

iad dhá shúil a athar aige, agus an gheanc

bheag sróine, agus an craiceann buí?'

'Gabhaimse orm gur lena mháthair

is dealraithí é,' arsa Síle.

'Nárab ea,' arsa Máire Aindí, 'is é a athair ina chruth aonair é.'

Bhí na mná ag dul i gcochall a chéile gur labhair Beit Mhór agus go

ndearna sí spior spear den scéal.

'Pé duine gur dealraitheach leis é,' ar sise, 'is caithiseach an leanbh é,

bail ó Dhia air.'

Ansin thóg m'athair buidéal as an gcupard agus thug sé braon as do na

mná. Thug sé braon mór do Mháire Aindí. Dúirt siad go léir, 'Go maire a

bhfuil nua agat!' nuair a d'ól siad é. Chuaigh an braon lena hanáil ag Síle Eoin

agus bhí siad á bualadh sa droim. Bhí rírá mór acu ansin agus caint agus gáire.

Tháinig sciatháin ar m'athair agus rinne sé dreas rince. Níl mo Dhaid go

maith chun rince, tá a fhios agat, ach de chionn mise a bheith aige, is dócha,

bhí mórtas air. Ach labhair mo Mham ón seomra agus dúirt sí 'an t-amadán

fir sin a stopadh.' Stop mo Dhaid láithreach. Déanann sé rud uirthi i gcónaí.

Daid bocht!

Ní cuimhin liomsa na rudaí sin a thitim amach in aon chor. Sean-Bhríd a d'inis dom iad. Ní dhéanann Sean-Bhríd sin aon chodladh is dóigh liom. Bíonn sí amuigh gach aon oíche ag faire na trá féachaint an bhfaigheadh sí aon bhunóc. Aon cheann acu a thagann go dtí aon teach sa pharóiste, sin í a fhaigheann iad istoíche san fheamainn, a deir sí. Níl aon bhunóc acu i dteach Pheig Mhuirfí agus bíonn na mná go léir á rá gur mór an trua sin. D'éalaigh mé féin amach oíche tríd an bhfuinneog chun dul ar an trá féachaint an bhfaighinn bunóc dóibh. Ní raibh aon rian de bhunóc ann cé gur chuardaigh mé an fheamainn ar fad, ná ní raibh aon phioc de Bhríd ann ach chomh beag. Ar maidin bhí leanbh faighte aici do mhuintir Chláis Mhóir agus dúirt sí liomsa nuair a chuir mé ceist uirthi gur ar an trá a fuair sí í. Dúirt mise léi go raibh an t-éitheach aici — go raibh mé féin feadh na hoíche ansin agus nach bhfaca mé í. Tháinig stad inti agus d'fhéach sí orm. Ansin dúirt sí gur mé 'an diabhailín' agus rug sí ar shlat chugam.

Na rudaí beaga go léir a thugann Sean-Bhríd léi ní bhíonn aon chaint acu ná ní fhéadfaidís rith ná siúl. Ní dóigh liom go raibh mise riamh mar sin. Bhí caint mo dhóthain riamh agam — an iomad, a deireadh mo Mham. Níl aon leigheas agam air. Bíonn rudaí istigh ionam agus ní fhanfaidís socair gan iad a rá. Mura ligfinn amach iad bheadh tinneas orm acu agus is dócha go bhfaighinn bás. Agus tá rith maith agam leis. Rug mé ar an ngamhain bán inné, agus rug mé na cosa ó mo Mham nuair a bhí sí i mo dhiaidh i dtaobh an císte uachtair a ithe.

Tá a fhios agat, bhí súil aici an tráthnóna sin le hiníon Mháire Aindí a bhí tar éis teacht abhaile ó Bhaile Átha Cliath, agus rinne sí císte uachtair ina comhair agus chuir sí dorn rísíní ann agus siúcra rua. D'fhág sí á fhuaradh é ar bhonn an dresser. Tháinig dúil mhallaithe agam féin ann nuair a fuair mé an boladh breá go léir uaidh, agus nuair a d'imigh mo Mham in airde staighre bhain mé oiread na fríde as an gcíste. Mheas mé go bhfaighinn bás bhí sé chomh milis sin! Agus ar m'anam, bhí mé ó smut go smut go raibh bearna mhór déanta agam isteach sa chíste uachtair. Bhí mé scafa chuige, a dhuine!

Nuair a chuala mé Mam ag teacht anuas an staighre chuir mé díom amach agus bhí mé ag cur dhá ghamhain le Donncha Beag as an mbuaile. Chuala mé Mam ag cur aistí istigh. Tháinig sí don doras. 'A Jimín!' ar sise agus ní go grámhar é. 'Gabhaigí amach!' arsa mise leis na gamhna. 'A Jimín, a deirim leat,' ar sise arís, ach bhí Jimín chomh bodhar le slis!

Ní dhearna sin do mo mháthair é. Thug sí sciuird fúm. Bhí fiarshúil agamsa ar an doras feadh na haimsire —

bhí drochiontaoibh agam aisti, a dhuine — agus chonaic mé chugam í. As go brách liom, a mhic ó, agus mé ag caitheamh grin ó mo shála! Bhuel, a leithéid de rás ní fhaca tú ón lá a baisteadh thú — mise is mo Mham ag cur

dínn, fad a bhí inár gcroí! Dá mbeadh an bóthar díreach aici dhéanfadh mo Mham an beart orm, ach nuair a bhíodh sí ag cur crúca i mo chúl thugainnse an cor di agus bhí sí á traochadh agam. Ní haon mhaith mná chun reatha. Ansin bhuail sí a lorga ar choltar an chéachta a bhí caite sa bhuaile. Bhí an phraiseach ar fud na mias ansin, a mhic ó! B'éigean di éirí as an bhfiach. Bhí sí bacach ar feadh seachtaine.

Tríd an bhfuinneog a chuaigh mé féin isteach an oíche sin tar éis iad a dhul a chodladh. Dúirt Cáit liom — sin í mo dheirfiúr — go bhfuair m'athair sceimhle ó mo Mham nuair a tháinig sé isteach tráthnóna. Déanann sí é sin i gcónaí nuair a bhíonn fearg uirthi. Dúirt sí nach raibh aon cheart aige an céachta a bheith san áit sin aige, agus thug sí 'sraimleálaí gan mhaith' air. Daid bocht!

Níor tháinig éinne den triúr againn chun bladair lena chéile go ceann seachtaine tar éis an císte a ithe. Níor ghá leath an mhurdair. Nár cheart císte milis a thabhairt do bhuachaill bocht a bhíonn sa bhaile chomh maith is a thabharfaí d'iníon Mháire Aindí é toisc í a theacht abhaile ó Bhaile Átha Cliath?

Caibidil II

Broid a mháthar ar Jimín

is an bás a thug seisean don Mháistir

Is fada liom go mbeidh mé mór. B'fhearr liom ná rud maith go mbeinn mór fásta, mar ansin ní bheadh gach éinne sa mhullach orm faoi mar a bhíonn siad anois. Is crua an saol a bhíonn ag buachaillí de mo shaghas-sa — ní féidir linn faic dá bharr a dhéanamh nach mbíonn duine éigin ag bagairt orainn. An lá faoi dheireadh bhuail mé gandal Bheit Móire sa leathcheann le cloch is ghearán Beit le mo Mham mé. Dúirt Mam le Beit gur mhór an náire di gandal mallaithe a bheith aici agus go raibh scanradh ar leanaí an bhaile roimhe agus dá mbeadh sí in aon bhaile eile gurb amhlaidh a chuirfí an dlí uirthi ina thaobh. Chrom mé féin ar ghol le scanradh roimh an ngandal, mar dhea, chun go dtiocfadh fearg ar mo mháthair chuig Beit. Mheas mé nach ndéanfaí faic liom. Ach, a dhuine, ní raibh aithne ar Mham agam! Nuair a d'imigh Beit abhaile go míshásta agus stad mise den ghol, a mhic ó, rug Mam orm agus thug sí léasadh dom. Deirim leat gur dhíol mé as an ngandal.

Aréir bhí mé ag marcaíocht ar an ngamhain bán agus chuala an baile mé ag scréachach nuair a bhí Mam do mo bhualadh. An dtuigeann tú, scréachaim chomh hard is a bhíonn i mo chroí, féachaint an gcuirfeadh sin stop leis an mbualadh nó an dtiocfadh éinne a shaorfadh mé uaithi. Ní bhím leath chomh gortaithe is ba dhóigh leat, tá a fhios agat. Deir siad nach fearúil an rud bheith ag gol ná ag béicíl, ach nach gcaithfidh mise rud éigin a dhéanamh chun mé féin a chosaint ar Mham?

Is í Mam mo namhaid aiceanta. Ní stadann sí ach ag gabháil dom go mbíonn mo chroí briste aici. Caithfidh mé an mhóin a bhreith isteach chuici

agus an t-uisce, agus caithfidh mé prátaí an dinnéir a phiocadh di sa teach
amuigh. Má bhím ansin ag imirt póiríní dom féin nó ag caitheamh cnaipí
ar an sprioc bíonn béic agus fiche aici orm go mbíonn an bhó bhradach sa
chabáiste, agus caithfidh mé cur díom. Ní dóigh liom go mbeadh Mam sásta
gan an bhó sin a bheith ag dul sa gharraí, mura mbeadh chun aon rud eile ach
chun Jimín bocht a chrá. Ní fheadarsa cad chuige ar cuireadh máithreacha
ar bhuachaillí in aon chor. Ach dá mbeinnse mór aon uair amháin ní bheinn i
mbun bó ná gamhain a thiomáint di, ná ní choinneoinn an snáithín di chun é a
thochras, ná ní rachainn le cearc ghoir go teach m'aintín, ná ní bheinn ag
foghlaim ceachtanna ar cheann an bhoird.

Níor chráigh riamh mé ach na ceachtanna cráite céanna. Ní bhíonn aon
dul uathu agam aon oíche. 'A Jimín,' a deir Mam gach oíche, 'ar scríobh tú
do cheacht anocht?' Thriail mé cúpla turas a rá nár thug an Máistir aon rud
dúinn le déanamh sa bhaile, ach, an riach, a mhic ó, ná gur chuir sí ceist ar
Mhicilín Eoin anseo amuigh agus sceith an spreasán orm. Ní raibh a fhios agam
aon ní gur tharraing Mam chuici an tslat den chúl-lochta agus thug sí fúm
trasna na lorgaí. Ní raibh agamsa ach cur díom suas don seomra uaithi agus
amach tríd an bhfuinneog.

Chuaigh mé ansin ar lorg Mhicilín Eoin ach ní ligfeadh eagla dó teacht amach chugam. D'iarr mé air teacht amach chun go mbrisfinn a phus, ach ní thiocfadh. Ansin bhí mé ag glaoch 'peata' agus 'pleidhce' agus 'spiaire' air. Ach labhair sé ar ais chugam: 'Och, mhuise, a bhuachaillín bhoicht!' ar seisean. 'Ar bhuail do mhamaí thú? Och, mamaí dhána!' Agus bhí sé mar sin ag magadh fúm go raibh mé ar néal buile chuige.

Tá leasainm ag muintir an bhaile ar a athair agus cheap mé gur mhaith an rud an t-ainm sin a thabhairt ar Mhicilín. 'Bóiricín! Bóiricín! Bóiricín!' arsa mise. Ach, a dhuine, rinne mé dearmad. Bhí a athair istigh agus nuair a chuala sé an t-ainm, amach leis i mo dhiaidh agus an ghoimh air chugam. Chuir mé díom, a mhic ó, fad a bhí i mo chroí, agus fear an dá chos bhóracha i mo dhiaidh. Chuaigh mé amú air i measc na dtithe. Ansin seo leis chuig ár dteachna chun mé a ghearán, cheap mé. Ní túisce sin ná mise istigh tríd an bhfuinneog arís.

D'éirigh idir Eoin agus Mam ag an doras. Dúirt seisean go raibh mac drochmhúinte aici a thug leasainm air féin. Dúirt sí leis gur éitheach a bhí sé a chur ar an mbuachaillín bocht macánta (b'in mise, tá a fhios agat) agus nach raibh sé amuigh chuige, mar gur chuir sí féin sa seomra é fiche nóiméad roimhe sin.

'Deirimse leat go raibh sé ann,' arsa Eoin.

32

'Ní fhéadfadh a bheith,' arsa Mam. 'Nach in é ag glóráil sa seomra fós féin é? Téanam ort go bhfeice tú.'

Tháinig siad araon go dtí doras an tseomra.

'An raibh tú ag teach Eoin le leathuair an chloig, a Jimín?' arsa Mam.

Bhí mé féin aireach.

'Conas a d'fhéadfainn dul amach agus an doras dúnta agatsa orm?' arsa mise.

'Deir Eoin go raibh tú ann ag tabhairt "Bóiricín" air féin,' ar sise.

'Speabhraídí atá air, ní foláir,' arsa mise. 'Bhí sé sa Daingean inniu ag díol muc.'

D'imigh Eoin leis agus é ag rá rud éigin leis féin.

Nuair a bhí sé imithe:

'An raibh tú ann, a Jimín?' arsa Mam.

Ní dúirt mé féin aon fhocal. Tháinig sí agus d'fhéach sí ar mo chosa. Bhí siad fliuch salach ón rás a rinne mé ó Eoin. D'fhéach sí ar bhonn na fuinneoige agus chonaic sí rian mo chos ann cé gur chuir mé féin na potaí geranium anuas orthu go cúramach.

Bhuel, ní maith liom a insint duit cad a thit amach ina dhiaidh sin — bheadh náire orm. Bhí Micilín Eoin á rá leis na gasúir eile gur bhain Mam an bríste díom, pé duine a d'inis dó é, agus gur ghabh sí orm. Nílimse á rá go ndearna, ach tá a fhios agam go raibh mé chomh tinn sin san áit sin díom nár fhéad mé suí ar feadh trí lá. Ní thuigim Mam in aon chor. Cad chuige a raibh sí do mo chosaint i láthair Eoin agus ansin mé a bhualadh? Och, mhuise, b'fhearr liom go mbeinn mór.

Agus ní measa Mam chun mo bhuailte ná an Máistir. Is é an Máistir an dara namhaid atá agam. Ní bhíonn stad air ach ag cur ceisteanna crua orainn le réiteach gach aon lá — rudaí nár ghá bacadh leo mar ní bhíonn siad i gceist in aon chor. As a cheann amach is ea a cheapann sé iad, gan ghá gan riachtanas. Ní hí sin an saghas ceiste a bhí le réiteach sa samhradh idir Eoin agus Donncha Beag. Thóg siad móinéar eatarthu agus nuair a bhain siad agus shábháil siad é bhí trí cocaí móra agus cúig cocaí beaga agus taoscán féir ar fad ann. Ní fhéadfaidís an féar a roinnt ina dhá leath chothroma — an roinnt a mholfadh duine acu ní bheadh an fear eile sásta leis. Bhídís ag cur cocaí

móra agus cocaí beaga agus valaí féir trína chéile agus ag argóint. Thug Eoin

bithiúnach ar Dhonncha Beag agus bhí Donncha ag iarraidh é a shá le píce.

Bhí muintir an bhaile ag iarraidh an roinnt a dhéanamh ach theip orthu.

D'iarr siad ar an Máistir an cheist a réiteach ach dúirt sé nach bhféadfadh.

Sa deireadh tugadh an féar don Daingean go dtí an mheá agus sin mar a

réitíodh an cheist.

Ach níor stop sin an Máistir. Bíonn sé scafa chun ceisteanna a cheapadh

chun sinn a chur i bponc. 'Dá mbeadh ceithre cinn de mhuca ar aonach ag

duine agus dá bhfaigheadh sé cúig punt seasca orthu — an mór an ceann é

sin?'

Sin é an saghas ceisteanna a bhíonn ag an Máistir. Cad ab áil leis an

Máistir ná le héinne eile a fhiafraí an mór an ceann é sin? Má fuair an duine

úd na 65 punt ar cheithre muca nach bhfágfadh an Máistir mar sin é agus

gan a bheith ár gcrána mar gheall ar an scéal. Ach ní fhágann — ní hé sin

an saghas é.

Ar seisean linne lá: 'Capall ar sodar — rachadh sé deich míle in uair an

chloig. An mó míle ó bhaile a bheadh sé i gceann ceithre huaire fichead?'

Bhuel, ní raibh a fhios agamsa agus d'éirigh mé as. Bhí cuid acu a rinne

é agus nuair a tháinig an Máistir chomh fada liomsa

d'fhéach sé orm.

'An amhlaidh nach bhfuil a fhios agat é?' ar seisean.

'Níl, a Mháistir,' arsa mise.

Ansin chuir sé na figiúirí ar an gclár dubh.

'A ceathair faoi dheich?' ar seisean.

'Sin a daichead,' arsa mise.

'A dó faoi dheich?' ar seisean.

'Sin a fiche,' arsa mé féin.

'Agus a ceathair?'

'Sin a ceathair fichead,' arsa mise. Chuir sé 240, ansin, síos.

'Anois an mó míle ó bhaile a bheadh sé?' arsa an Máistir.

'Ní fheadar,' arsa mise.

'Léan i do cheann cipín,' arsa an Máistir, 'nach dtuigeann tú dá n-imeodh capall 10 míle in uair an chloig go rachadh sé 240 míle i gceithre huaire fichead?'

'Ní rachadh,' arsa mise, 'chaithfeadh sé stad nó thitfeadh sé leis an ocras nó d'imeodh crú uaidh nó rachadh cloch ina chrúb nó ...'

'Éist do bhéal,' arsa an Máistir agus olc air chugam. 'Sín amach do lámh.'

Tharraing sé dhá stiall de shlat ar mo laipín, a mhic ó, a chuaigh trí mo chroí agus chuir sé síos go bun na scoile mé nuair a bhí mé ag gol.

Bhí mé i bhfad thíos i mo shuí agus mé cráite go leor agus mo chroí lán d'olc. Bhí mé ag cuimhneamh ar an saghas báis ba mhaith liom a thabhairt don Mháistir. Ba mhór an sásamh liom rith chuige agus é a bhualadh deas agus clé agus é a thachtadh agus a chorp a chaitheamh i bpoll portaigh agus cloch mhór ceangailte dá mhuineál. Nuair a chuimhnigh mé ar an gcapall úd a bhí aige a rachadh an 240 míle in aon lá, cheap mé go gceanglóinn an Máistir dó agus go scaoilfinn leis, gan srian gan adhastar, agus é ag imeacht 240 míle gach aon chúig nóiméad go dtiocfadh sé go bruach na haille agus go dtitfidís araon síos, síos, síos, go ndéanfaí iad a smiotadh ina smidiríní thíos ar na clocha i slí nach mbeadh a fhios ag éinne cé acu smut de chapall nó smut de Mháistir aon smut acu seachas a chéile. Ba mhór an sásamh liom an socrú sin a bheith déanta agam ar an Máistir agus ansin bhí mé ag scríobh ceisteanna chun é a chur i bponc.

Ceisteanna ar an Máistir —

Dá mbeadh capall ann a rachadh 240 míle in aon lá, an mó míle a rachadh an capall céanna i dtrí chéad bliain?

Má fuair Tadhg Mór £5 ar thrí cinn de chaoirigh ar aonach an Daingin, cad a gheobhadh an Máistir ar an gcapall úd a chuaigh 240 míle i gceithre huaire fichead?

An mó cruach mhóna a dhéanfadh mála súiche?

Bhí mé ag gáire liom féin leis an sult agus níor bhraith mé faic go raibh an Máistir laistiar díom agus scairt mhór gháire curtha aige as. Rug sé ar an bpáipéar vaim agus léigh sé don scoil ar fad é. Bhí an scoil go léir ag gáire. Mheas mé go rachainn síos tríd an talamh le náire. Bhí béal mór ar Mhicilín Eoin ag magadh fúm. Chroch an Máistir mo pháipéar bocht ar an mballa mar ábhar spóirt. Deirim leat go raibh mé buíoch nár scríobh mé síos ann an bás úd a thug mé dó.

Caibidil III

Scéal na gcnaipí i mbríste Jimín is mar a d'fhógair Cáit sos comhraic

Nach ait na rudaí gearrchailí. Ní bhíonn aon mhaith iontu chun aon ní ach chun screadaí nuair a dhéanfá aon ní leo, nó chun tú a scríobadh leis na hingne nuair a bhíonn an t-olc ceart orthu. Tá ceann acu sa teach againne: Cáit. Deirfiúr dom is ea í agus is óige í ná mise. Tá sí ina peata ag Mam agus ní bhíonn sí á bualadh mar a bhíonn sí do mo bhualadhsa agus ní ceart é sin. Is fearr mise ná Cáit ar gach aon sórt slí ach cad é an mhaith sin — ní fhaighimse aon ní ó Mham ach an tslat agus faigheann Cáit peataireacht. Má dhéanann Cáit aon rud as an tslí ní thugann mo mháthair di ach scríob dá teanga. Cuireann sé sin an óinsín ag gol. Más mar sin a dhéanfadh

Mam liomsa é nach agam a bheadh an saol breá! Ní ghoilfinn dá mbeadh sí ag caint go dtitfeadh an teanga aisti. Chuirfinn mo cheann fúm agus d'imeoinn amach don stábla faoi mar a dhéanann Daid.

Ach níl aon mhaith i gCáit. Deir mo mháthair liom bheith ag imirt léi, agus bím ar mo dhícheall. Ní fhéadfadh sí aon léim a chaitheamh, a dhuine, ná níl aon mhaith chun reatha inti. Bhí cnaipí deasa aici agus dúirt mé léi imirt agus bhuaigh mé vaithi na cnaipí go léir a bhí sa bhosca aici. Chrom sí ar ghol, a mhic ó, agus níor theastaigh vaithi iad a thabhairt dom in aon chor, ach bhain mé di iad. Ach, a dhuine, tharraing sí an teach orm leis an screadach agus nuair a tháinig Mam bhain sí gach aon chnaipe acu díom, agus bhain sí mo chuid féin, leis, díom, a bhí ar chorda agam. D'fhiafraigh sí cá bhfuair mé iad go léir. D'inis mé di gur bhuaigh mé ó na buachaillí eile ar scoil iad ach níor shásaigh sin í gan féachaint ar mo bhríste. Ní raibh cnaipe ann agam ach trí poill déanta agam ann agus na guailleáin greamaithe le dhá bhuaircín adhmaid agus tairne trí orlach.

Rinne Mam beart náireach orm ansin: chuir sí iachall orm an dá chipín agus an tairne a chaitheamh vaim agus an bríste a choinneáil suas le mo dhá lámh. Chaith mé trí lá mar sin go raibh mo chroí briste. Ach níorbh é sin a chuir an straidhn ar fad orm ach Micilín Eoin ag magadh fúm. Ní fhéadfainn rith ina dhiaidh, tá a fhios agat, agus chráigh sé mé go raibh an ghoimh orm chuige.

An tríú lá chuaigh mé go dtí Mam. 'A Mham,' arsa mise, 'cuir isteach na cnaipí dom, má-má-más é do thoil é. Ní ghearrfaidh mé amach aon cheann go brách arís.'

D'fhéach sí orm. Bhí sí ag iarraidh a dhéanamh amach cad é an fuadar a bhí fúm.

'Á, déan, a Mhamaí,' arsa mise, 'agus beidh mé i mo bhuachaillín maith.'

'Um-m-m,' ar sise, 'ní fheadar den saol cad é an t-athrú seo ag teacht ort. Mar sin féin cuirfidh mé isteach iad, ach má bhíonn sé den diabhal ort go gcuirfidh tú scian ar aon cheann eile acu bainfidh mé an craiceann díot,' agus fad a bhí sí ag cur na gcnaipí isteach bhí sí do mo chroitheadh mar a dhéanfadh madra le francach. 'Is ea, imigh ort anois,' ar sise nuair a bhí siad istigh aici agus na guailleáin i bhfearas arís orm.

Bhuail mé an doras amach go breá bog agus síos an bhuaile agus mo dhá lámh i bpócaí mo bhríste agam á choinneáil suas, mar dhea. Ní fada a chuaigh mé nuair a chonaic Micilín Eoin arís mé agus seo chugam é agus draid air ag magadh fúm.

'Bríste ar bhos!' ar seisean. 'Bríste ar bhos! Hí-ú! Hí-ú!'

Theastaigh vaim é a mhealladh in aice liom. 'Caith crúistín nó cloch liom agus tarraing ort mé,' arsa mise.

'Caithfidh mé, a bhríste ar bhos,' ar seisean agus chrom sé síos chun cnapán lathaí a fháil a chaithfeadh sé liom. Sin é an vair a phreab mé chuige. Nuair a chonaic sé ag teacht mé agus gan aon lámh in aon phóca liom chuir sé béic as agus siúd leis agus é ag screadach. Tháinig mé suas leis agus thug mé cor coise dó agus shín mé ar an talamh é. Shuigh mé anuas air ansin agus sháigh mé a shrón síos sa lathach.

'Abair "bríste ar bhos" anois, a Mhicilín,' arsa mise, agus chuir mé dorn lathaí síos laistigh dá léine. 'Hap, a chapaillín,' arsa mise leis agus mé síos, suas ar a dhroim. Bhain mé sásamh mo chroí as agus bhí an-spórt agam air go ceann tamaill.

Sin é vair a tháinig Cáit agus loit sí an spórt orm. 'Ó, faire, mo náire, a Jimín,' ar sise, agus d'fhéach sí orm agus a dhá súil mhóra ag cromadh ar ghol. Dar fia, a dhuine, stad mé. D'imigh an spórt as an scéal dom ar chuma éigin.

'Mo náire é an bulaí mór,' ar sise arís liom. An riach, a mhic ó, gur tháinig náire orm féin. Ní fheadar in aon chor cad ina thaobh. D'éirigh mé de

Mhicilín agus ní fheadar cad a bhí mé a dhéanamh. Nuair a d'éirigh sé sin bhí sé ag gol agus bhí sé go léir salach ón lathach. Chuaigh Cáit anonn chuige agus bhí sí ag féachaint air, ansin d'fhéach sí ormsa, agus líon a súile le deora agus ghoil sí agus í ag iarraidh casóg Mhicilín a ghlanadh le sliogán ruacain. Ní fheadar cad é an donas a tháinig orm féin. Bhí náire orm. Níor fhan aon mheas agam orm féin. Thabharfainn aon rud dá bhféadfainn an rud a rinne mé le Micilín a chur ar neamhní. Níor lú liom aon duine ar an saol ar an nóiméad sin ná Jimín Mháire Thaidhg. Bhí Cáit ag glanadh leis an sliogán agus Micilín ag coinneáil na casóige di agus iad araon ag gol.

Bhí sé déanta agam sular thuig mé cad a bhí ar siúl agam. Chuaigh mé anonn chucu agus rug mé ar an sliogán uaithi agus thosaigh mé ar scríobadh.

'Mo ghrá thú, a Jimín,' arsa Cáit.

Ní fhéadfainn aon fhocal a rá. Tháinig rud éigin ait i mo scornach agus i mo shúile agus bhí mé ar mo dhícheall ag iarraidh gan gol ach rith deoir mhór anuas ar feadh na sróine agam agus ansin rith siad go léir anuas. Ní dúirt mé aon ní ach chonaic Cáit mé agus rith sí anall chugam agus chuir sí a lámh orm.

'Maith an buachaill thú, a dheartháirín,' ar sise agus thriomaigh sí mo shúile leis an mbibe a bhí uirthi. Bhí mé ar mo dhícheall ag glanadh Mhicilín agus ní stadfainn ar chapall nó go stadfadh an fonn goil a bhí orm. Stad mé faoi dheireadh nuair a bhí an lathach ar fad scríobtha.

Ansin gháir Cáit. 'An ndéanfaidh sibh muintearas anois?' arsa an cladhaire. D'fhéach mé féin ar Mhicilín.

'Déanfaidh mé,' arsa mise.

'Déanfaidh mise, leis,' arsa Micilín.

'Agus ní bheidh sibh ag troid níos mó?' arsa Cáit.

'Ní bheimid, a Cháit,' arsa sinne.

'Ná ní thabharfaidh sibh ainmneacha gránna ar a chéile?'

'Ní thabharfaimid,' arsa an dá amadáinín.

Ansin gháir Cáit agus rith sí eadrainn istigh agus rug sí ar dhá mhuinchille orainn. 'Rithigí,' ar sise. As go brách linn araon agus sinn ag tarraingt Cháit inár ndiaidh agus sinn go léir ag gáire. Bhuail máthair Mhicilín linn agus d'fhéach sí ar a chuid éadaigh.

'Cad a shalaigh thú?' ar sise agus d'fhéach sí go hamhrasach orm féin.

'Is amhlaidh ... is amhlaidh a thit mé agus mé ag ... ag rás le Jimín, a mháthair.'

Bhí an drochamhras aici orm.

'Agus cad a leag thú?' ar sise agus í ag cur na súl tríomsa.

Mheas mé go raibh léasadh eile ag teacht chugam ach shaor Micilín mé.

'Agus bhí an áit lán de lathach, ach féach, a Mham, ghlan Jimín agus Cáit mé. Níor imigh seoid dá bharr orm,' agus siúd le Micilín arís agus tharraing sé an bheirt eile againn leis. An-bhuachaill is ea an Micilín sin — ní raibh a fhios agam go dtí anois é.

Níl an náire imithe díom fós roimh Cháit ... ach táim an-cheanúil uirthi agus ní chuirfidh mé ag gol go deo arís í.

Caibidil IV

Mar a n-insítear íde an chait, scéala an aonaigh is ceannach na mbróg do Jimín

Tá péire nua bróg agam ó lá an aonaigh. Tá siad go gleoite deas agus táim ag tabhairt an-aire dóibh. Tá siad anois go sciomartha glan os cionn na tine ar an lochta agus d'fheicfeá thú féin sa scáil atá iontu. Mam a chuir in airde ansin iad mar bhínn gach aon nóiméad á gcuimilt leis an scuab agus ag piocadh aon ruainne lathaí a bhí idir na tairní istigh le blúire de chipín. Is í a chuir iachall orm, leis, iad a bhaint díom ar fad i lár na báistí inné. Is amhlaidh a bhí log uisce, tá a fhios agat, amuigh sa bhuaile agus bhí mé i mo sheasamh ina lár istigh agus an t-uisce go hailt orm. Bhí mé ag triail na mbróg, an dtuigeann tú, féachaint an gcoinneoidís an t-uisce amuigh. Ach chonaic Mam mé tríd an bhfuinneog agus tháinig mé amach as an log uisce sin cuibheasach tapa, a deirim leat.

Níl aon réasún le Mam. Cad é an mhaith bróga nua a choinneodh uisce amach mura mbeadh uisce timpeall orthu ag iarraidh dul isteach? Ní bhfaighfeá aon sásamh as bróga mura mbeadh cead agat siúl trí lár an uisce leo.

Ní raibh a fhios ag mo mháthair inné cad ina thaobh go raibh mo stocaí ar fad fliuch. Bhí sí á rá gur drochleathar a bhí sna bróga. Ní fhaca sí mise in aon chor ag iarraidh an mála a tharraingt isteach as Poll an Lín thíos ar maidin, le maide, féachaint conas a bhí an cat a chuireamar isteach ann inné roimhe sin. Chuaigh mé rófhada amach ar an bhfaobhar, a dhuine, agus d'imigh an chos uaim agus ba dhóbair domsa dul in éineacht leis an gcat, ach gur rug Micilín Eoin orm agus gur tharraing sé aníos mé.

Nuair a thugamar an cat isteach bhí sé marbh. Dúirt Micilín go dtiocfadh an t-anam arís ann mar gurb in nós ag cait — éirí ón mbás naoi n-uaire. Sin é cúis ar bhámar é, tá a fhios agat — féachaint an éireodh sé arís. Má fhanann sé marbh beidh murdar sa teach seo againne, mar is é ár gcatna é, agus tá Mam tosaithe ar bheith ag cur a thuairisce. Dúirt mise go fírinneach léi arú aréir nach bhfaca mé ó mhaidin an lae sin marbh ná beo é. Ní fhaca, leis, go dtí maidin inné. Bím ag dul síos chuige go minic ó shin féachaint an mbeadh aon chorraí ann, ach, dar fia, tá sé ina stalc gan anam. Chuir mé biorán ann agus dúirt mé 'bhuis, bhuis, bhuis!' leis ach ní raibh gíog as. Féach, mura mbíonn sé ina steillbheatha amárach caithfidh Micilín a chat féin a chur sa mhála agus é a bhá i bPoll an Lín.

Ach mar gheall ar an aonach — bhí an-lá agam ann. Bhí sé le fada geallta dom go ligfí ann mé, agus bhí mé ag coimeád na bpinginí ina chomhair. D'éiríomar — mé féin is Daid — ar a cúig a chlog agus chuamar leis an ngealach don Daingean. Ceithre cinn de bheithígh a bhí againn. Gach aon bhearna a bhí ar thaobh an bhóthair thugaidís faoi dhul isteach ann agus bhíodh Daid gach re nóiméad á rá liom 'a Jimín, a bhuachaill, rith rompu agus sáraigh iad sin,' nó 'preab isteach, a ghasúir, agus bagair amach í sin,' nuair a bhíodh ceann acu tar éis dul i bpáirc éigin. Is minic a bhíodh dhá chúrsa dhéag agam féin agus ag an mbeithíoch timpeall na páirce istigh sula ritheadh sé ina cheann gur cheart dó dul amach ar an mbóthar arís.

Níorbh aon ní áfach an bóthar isteach gur thángamar ar an tsráid agus ar pháirc an aonaigh. Cheap mé nach raibh oiread stoic in Éirinn! Beithígh agus bulláin agus ba agus tairbh agus caoirigh agus iad go léir ag búireach agus ag méileach agus iad ag rith trína chéile. Bhí fear ag gabháil lár an aonaigh suas agus fiche bullán aige in aon scata amháin agus triúr fear agus trí cinn de mhadraí ina ndiaidh agus 'Habha-Habha' ag na fir agus 'Babha-abha' ag na madraí. Scaip siad rompu soir, siar. Bhí seanduine ann is bó ar adhastar aige. Rith scata beithíoch isteach idir é féin agus an bhó. B'éigean dó scaoileadh léi, ach bhí sé ag eascainí agus ag lochtú daoine go mbíonn scata mór beithíoch acu agus a bhíonn ag iarraidh an duine bocht a chaitheamh d'uachtar na talún!

Scaipeadh na ceithre beithígh orm féin is ar Dhaid trí huaire, agus bhí ionadh mo chroí orm uair amháin nuair a chuir Daid scaimh air féin chun cleithire mhóir fhada go raibh maide ina lámh aige, agus dúirt leis, dar fia, go mbrisfeadh sé a mhuineál. Mheas mé nach maródh m'athair cat. D'imigh an fear eile agus is maith an bhail air gur imigh mar nuair a bhí sé tamall suas an t-aonach, sin é uair a tháinig an t-olc go léir ar Dhaid.

(Nach ar Mham a bheadh an t-iontas dá gcuirfeadh Daid an scaimh sin air féin chuici nuair a bheadh sí ag gabháil dó. Ní fheadar cad a thitfeadh amach dá ndéarfadh sé léi go mbrisfeadh sé a muineál!)

Timpeall a hocht a chlog tháinig na ceannaitheoirí ar an aonach. Plobairí ramhra ab ea iad ar fad. Casóga móra orthu, orlach de bhonn faoi na bróga acu, bróga geancacha orthu, géitéirí leathair go glúine orthu, bataí siúil ag gach fear agus rian a choda ar gach éinne acu. Tháinig siad chugainne agus d'fhiafraigh gach duine acu de m'athair an mór a thógfadh sé ar na beithígh. Ní 'beithígh' a dúirt siad in aon chor ach 'ragaí' agus 'creatlacha' agus 'básacháin'.

'Ocht bpuint dhéag an ceann,' arsa Daid.

Ara, a mhic ó, sin é uair a dhéanaidís an chaint. Ar dtús cheap mé ón gcaint a bhí acu nár rugadh riamh leithéid mo Dhaid le sprionlaitheacht agus

le neamhréasún, agus i bpáirt na mbeithíoch bocht, bheadh náire ort a admháil gur leat féin in aon chor iad. Thagadh olc ar Dhaid uaireanta agus d'fhógraíodh sé síos go dtí an leac is teo agus is íochtaraí thíos in Ifreann iad. Deireadh cuid acu sin leis gur túisce go mór a bheadh sé féin ann agus deiridís leis na ceithre 'básacháin' a bhreith abhaile leis agus gal tobac a thabhairt dóibh.

I gceann tamaill eile bhraith mé go raibh tairbhe éigin iontu mar thairg fear trí punt dhéag an ceann orthu agus chuir fear eile go dtí a ceithre punt dhéag iad, ach thugaidís go léir 'sean-d------l sprionlaithe' ar Dhaid nuair nach mbogfadh sé ó na hocht bpunt dhéag. Faoi dheireadh bhain sé anuas deich scillinge agus nuair a chuaigh na ceannaitheoirí go dtí cúig punt dhéag chaith Daid anuas deich scillinge eile. Bhí siad ag druidim i gcóngar dá chéile mar sin go dtí ar deireadh nach raibh eatarthu ach leathshabhran. Chruaigh an scéal ansin arís. Thagadh fear acu. Bhuaileadh sé stiall ar bheithíoch acu. 'An mór iad seo?' a deireadh sé.

'Sé punt dhéag deich an ceann,' a deireadh Daid.

'Sín amach do lámh,' a deireadh an ceannaitheoir agus chaitheadh sé seile ar a bhos féin agus bhuaileadh sé buille den bhos sin anuas ar bhos m'athar.

'Tabharfaidh mé na sé punt dhéag duit orthu,' a deireadh sé. Ní bhíodh

Daid sásta agus d'imíodh an ceannaitheoir sin agus é ar straidhn agus cheapainn féin nach dtiocfadh sé i ngiorracht páirce de m'athair ar feadh a shaoil arís.

Ach thagadh arís agus arís eile agus faoi dheireadh rinneadh an margadh nuair a bhailigh scata mór timpeall orainn féin agus ar an gceannaitheoir agus go ndearna siad an difríocht a scoilteadh dhá vair. Sé puint dhéag seacht is réal a fuaireamar.

Nuair a bhíomar ag dul go dtí an traein leo arsa mise le m'athair:

'Cad ina thaobh go raibh tú chomh dian á ndíol, a Dhaid?'

D'fhéach sé ina thimpeall ar eagla go mbeadh éinne ag éisteacht.

'Do mháthair, a bhuachaill,' ar seisean, 'do mháthair! Sé puint dhéag an ceann a dúirt sí liom a fháil orthu agus ní bheadh aon ghnó abhaile agam gan an méid sin. Beidh an chuid eile agam féin, gan fhios di. Ná lig aon ní ort, agus tabharfaidh mé scilling duit ar ball.' Agus luigh sé an tsúil chlé orm agus rinne sé gáire agus thug sonc dá uillinn dom! Sa scéal seo bhí mé ar thaobh mo Dhaid — agus ní mar gheall ar an scilling é.

Tar éis na beithígh a chur sa traein is ea a thángamar ar an tsráid. Chuaigh Daid ar lorg an airgid agus chuaigh mé féin ag féachaint ar gach aon rud. Áit an-mhór is ea an Daingean agus tá mórán daoine ann. Siopaí is mó atá acu, agus gach aon áit lán de phluda. Lucht tarta ar fad atá ann, ní foláir, mar deochanna ar fad a bhíonn na siopaí a dhíol. Ní fheadar cad a chuireann an tart go léir ar dhaoine nuair a thagann siad don Daingean. Bíonn taoscáin mhóra chúránacha de stuif éigin gránna dubh á slogadh síos acu mar a bheadh gamhna ag ól bainne, agus d'fheicfeá an súlach buí timpeall a mbéil agus ar a bpus faoi mar a bhíonn rian an bhainne ar an 'sucaí' gamhna atá againne sa bhaile.

Tar éis tamaill bhuail Daid arís liom. Bhí sé féin agus beirt eile ag teacht amach as teach agus bhí sé ag triomú a bhéil. Chuir mé i gcuimhne dó mar gheall ar an scilling úd agus fuair mé uaidh í. Thug an bheirt eile toistiún dom nuair a fuair siad amach gur mac le Daid mé.

'Is maith an gasúr é, bail ó Dhia air,' a dúirt duine acu.

'Ní fada go mbeidh sé sin chun maitheasa agat, a Shéamais,' arsa an fear eile acu le m'athair — ach d'imigh mise liom ag ceannach úll agus milseán agus brioscaí. Ní fada in aon chor a sheas an scilling dom — tá an donas le daoire ar gach aon rud agus níor mhór duit mála pinginí chun aon súlach a bhaint as lá sa Daingean.

I gceann tamaill eile chuaigh mé ar lorg m'athar agus cá bhfaighinn é ach ar adhastar ag Mam i lár na sráide thíos agus an bheirt acu do mo lorgsa. Bhí sise á rá go raibh an gasúirín bocht caillte nó tite leis an ocras agus gur chuma lena athair ach bheith caite istigh i dteach óil á théamh féin le puins. Bhí Daid ag iarraidh a chur ina luí uirthi gurb amhlaidh nach bhfanfainn ina theannta agus nach raibh aon bhaol orm.

Rug siad leo ansin mé ag ceannach bróg dom. Bhí péire stocaí ag Mam a thug sí ón teach. Bhíomar i bhfad ag ceannach na mbróg. Triaileadh fiche péire orm sula rabhamar go léir sásta. Ní dóigh liom féin go raibh éinne sásta ach Mam. Ní raibh mise róshásta leis na bróga a fuair mé mar bhí tairní iontu. Bhí péire an-deas ann i mbosca agus leathar bog tanaí iontu agus iad chomh héadrom le sop. Ach theastaigh dhá phunt ó fhear an tsiopa orthu agus dúirt Mam gur deas a d'fhéachfainn ag siúl pluda leo agus ag gabháil trí loganna uisce pé áit a bhfaighinn log uisce chun gabháil tríd.

Fuair siad péire breá láidir dom ar a seacht fichead is réal agus buaileadh orm iad. Bhuail mé an doras amach leo, a mhic ó, agus suas an tsráid agus mé ag baint tine as clocha na sráide leo. Ba é an chéad duine a bhuail liom ná Micilín Eoin.

'D'anam don riach, a Mhicilín!' arsa mise. 'Fan uaim amach nó satlóidh mé ort.'

D'fhéach Micilín ar na bróga.

'Tá tú ceangailte den talamh acu,' ar seisean.

Bhí siad an-ainnis, leis, orm, an dtuigeann tú, ach ní thabharfainn mar shásamh dósan go n-admhóinn é, ach díreach lena linn sin agus an bheirt againn ag siúl síos an tsráid in aice an Bhainc chuir mé mo chos ar chraiceann oráiste agus ar m'anam gur tógadh liom agus síneadh ar mo shlat mé. Ní hiad na bróga a leag in aon chor mé ach an craiceann mallaithe, ach ní hé sin a dúirt gach éinne a chonaic mé ach gurb amhlaidh nach raibh taithí ar bhróga agam agus bhí Micilín féin ag gáire.

Bhí mé chun iarracht den bhróg a thabhairt dó nuair a chuala mé dhá raispín de bhuachaillí an Daingin ag gáire faoin gcábóg tuaithe gur leag na bróga nua é. Bhí olc agus crá croí orm féin agus thug mé dorn sa phus do dhuine acu. Thug an bheirt acusan fúmsa ach leag Micilín duine acu agus rith an duine eile acu uaim féin. Bhí siad an chuid eile den tráthnóna ag faire orainn agus ag tabhairt 'cábóg' agus rudaí eile orainn ach ní thiocfaidís i ngiorracht fiche rámhainn dínn, mar bhíomar fara Daid agus mo mháthair.

Bhí sé déanach nuair a thángamar abhaile an oíche sin. Bhí Daid ag amhrán an bóthar aníos agus bhí Mam á rá leis éisteacht ach níor thug sé aon toradh uirthi. Ní fhaca mé riamh mar sin cheana é. Nuair a thángamar abhaile bhí sé ag iarraidh Mam a phógadh ach ní ligfeadh sí dó é. Mar sin féin ní raibh aon olc uirthi chuige nuair a rinne sé é. Chuir sí iachall air dul a chodladh agus gan é ach a hocht a chlog.

Thug mé milseáin agus úll go dtí Cáit agus bhí an-saol againn á n-ithe agus d'inis mé di mar gheall ar an aonach agus an Daingean agus na rudaí deasa a bhí ann. D'inis mé di leis mar gheall ar an seacht is réal an ceann a choinnigh m'athair as fiacha na mbeithíoch, ach gheall sí gan é a insint do Mham.

(Táim tar éis dul síos go dtí an cat anois agus is baol go bhfuil deireadh leis an saol seo aige. Cad a dhéanfaidh mé má fhaigheann Mam fios an scéil?)

Caibidil V

Mar a n-insítear scéala na Nollag is dúthracht Jimín don ghandal

Caithfidh mé insint mar gheall ar an Nollaig a bhí againne. Chuaigh Mam go dtí an Daingean cúpla lá roimh Nollaig — í féin agus Daid — agus thug siad an capall leo agus cliabh agus bosca sa chairt. Bhí an t-airgead ag Mam. Rug sí léi dhá ghé — chun ceann acu a thabhairt do dhochtúir na mbeithíoch agus an ceann eile a thabhairt d'fhear an Bhainc, mar sin é go bhfuil airgead Mham ar fad aige, agus tá an-mheas aici air.

Fad a bhí siad sa Daingean chuaigh mé féin go dtí Gleann Domhain agus an scian mhór agam agus téadáinín agus thug mé abhaile liom tor mór cuilinn, agus fuair mé eidhneán i bhfothrach na Cille. Nuair a bhí mé ag gabháil thar doras aici tháinig Nell Mháire Aindí amach chugam ag bladar liom ag iarraidh go dtabharfainn roinnt cuilinn di. Cheap sí go mbeinnse i m'amadáinín aici, agus bhí sí do mo mholadh agus ag tabhairt 'buachaillín maith' orm agus á rá go bhfaighinn féirín uaithi i gcomhair na Nollag, ach ní raibh mise chomh simplí sin. Táim marbh ó gheallúintí nach dtagann aon ní dá mbarr. (Mar sin féin, nuair a scaoil mé an beart sa bhaile thug mé cúpla craobh chuilinn anonn chuici. Táim an-mhór le Nell, tá a fhios agat.)

Bhí sceitimíní ar Cháit nuair a chonaic sí an t-ualach mór a bhí agam an doras isteach. 'Ó!' ar sise. 'Beidh an teach go gleoite anois againn,' agus bhí sí ag féachaint ar na caora dearga a bhí ar an gcuileann agus í ag rince timpeall an urláir. 'Ó, nach gleoite iad!' ar sise. 'An bhfaca tú riamh aon rud chomh deas?' Mar sin a bhíonn Cáit i gcónaí, mura bhfeicfeadh sí ach nóinín nó pósae bó bleacht. Chloisfeá na cailíní go léir mar sin, a dhuine, le gach aon sórt ní.

Bhí ocras orm féin. 'Caith uait na céapars sin,' arsa mise, 'agus tabhair dom rud éigin le hithe.'

'Ó, mo dhearmad!' arsa Cáit, agus thug sí cogar dom. 'Ní chuirfeá amach cad atá agam duit?'

'Cad é?' arsa mise.

Gháir sí. 'Ní inseoidh mé duit é,' ar sise, 'mar sceithfeá orm le Mam.'

'Ar m'anam nach sceithfidh, a Cháit!' arsa mise.

'Maróidh sí mé i dtaobh an tsiúcra!' arsa Cáit.

'Cad é an siúcra, arú?' arsa mise.

'Agus mar gheall ar an uachtar!' ar sise.

'D'anam don diucs, a Cháit, an cístí milse atá déanta agat?'

'Ó, ní inseoidh mé duit, ní inseoidh mé duit!' ar sise, agus bhí sí ag gáire agus ag léimneach ar an urlár. Ansin chuaigh sí go dtí an dresser agus thóg sí anuas dhá chupán le cur ar an mbord.

'Á, d'anam, a Cháit,' arsa mise, 'inis dúinn cad atá agat.'

'Ní inseoidh mé, ní inseoidh mé,' ar sise, agus gháir sí agus bhí sí ag rince agus ag caitheamh a cos agus ní fhaca sí an t-eidhneán ar an urlár gur leag sé í, agus slán mar a n-insítear é, baineadh píosa mór as cliathán cupáin acu. Rug Cáit ar an bpíosa agus bhí sí ar crith ag iarraidh an píosa a chur isteach ina áit féin arís féachaint an bhfanfadh sé istigh. Ansin chrom sí ar ghol agus, a dhuine, bhí sí ag iarraidh a mhilleán a chur ormsa. Chuir mé in iúl di nach mé faoi deara é ach í féin agus a cuid léimní ach níorbh aon mhaith bheith ag caint léi. Ní dhéanfadh sí ach gol. Tháinig trua agam féin di sa deireadh.

'Tabhair dom é, a Cháit,' arsa mise, 'agus ní bheidh a fhios ag Mam go deo é.'

Thug mé an cupán briste go dtí an dresser agus chuir mé thíos faoi dhá chupán eile é agus an taobh briste isteach.

'Ó, a mhuiricín, cad a dhéanfaidh mé in aon chor má fheiceann Mam é?' arsa Cáit.

Ansin rinneamar tae — muga an duine againn. Sin é an uair a tharraing Cáit amach na rudaí a dúirt sí a bhí déanta aici — cístí beaga uachtair agus crústa siúcra orthu. Fuaireamar im sa chupard agus chonaic mise próca mór de shubh a bhí ann agus clúdach páipéir ceangailte go daingean ar a bharr.

Ghearr mé an ceangal go haclaí agus deirimse leat gur bhaineamar súlach as na rudaí ar fad. Faoi mar a d'ithimis greim aráin thógaimis lán spúnóige den tsubh. Nuair a bhí ár ndóthain ite againn bhí an tsubh i bhfad síos sa phróca ach cheangail mé an páipéar go haclaí arís air agus chuir mé ar ais sa chupard é mar a bhí sé cheana. Is mór an trua nach mbíonn Mam sa Daingean gach aon lá.

Fuair mé féin casúr ansin agus tairní beaga agus bhí Cáit ag síneadh eidhneáin agus cuilinn chugam. Chuireamar timpeall na bhfuinneog é agus ar bharr an dresser agus os cionn na tine. Bhíodh sé deacair é a cheangal in áit nach mbíodh adhmad agus chaithinn tairní móra a thiomáint sa bhalla agus thiteadh scailpeanna den mhoirtéal anuas uaireanta. Nuair a bhí an teach críochnaithe againn rugamar ar 'Sailor' — sin é an madra, tá a fhios agat — agus chlúdaíomar ó cheann go heireaball é le cuileann agus bhí an-spórt againn air. Nuair a tháinig an tráthnóna lasamar an lampa agus bhí cuma aerach ar an teach.

Bhí an oíche ann nuair a tháinig Mam is Daid abhaile. Nuair a tháinig sí isteach mheasamar go mbeadh an-áthas uirthi, ach is amhlaidh a rinne sí raic, a mhic ó, nuair a chonaic sí na scailpeanna moirtéil imithe den bhalla. Bhí sí gan aon chiall, a dhuine, agus b'éigean dom féin teitheadh gur tháinig sí chun suaimhnis.

Cáit a d'inis dom lá arna mhárach cad a thug Mam ón Daingean. Thug sí naoi gcoinnle móra fada léi agus iad ina seasamh sa chliabh, agus bhí trí cinn acu dearg. Bhí siad chomh hard leis an bhfuinneog, a dhuine, agus thug sí lán an bhosca de rísíní agus de shiúcra agus de thae léi, agus bairín mór breac ón siopa, agus bhí buidéil ann — buidéil go raibh deoch bhuí iontu agus buidéil eile go raibh rud éigin gormdhearg iontu agus crúsca mór lán de rud éigin dubh. Bhí cnapán mór feola, leis, aici. Chuala mé gur thug sí úlla, leis, léi, ach ní bhfaighimisne an oíche sin aon cheann acu toisc a raibh de dhíobháil déanta againn leis na tairní. Chuir sí iad go léir isteach sa chupard agus chuir sí an glas air.

Lá arna mhárach mharaigh Mam gé agus lacha le scian. Is amhlaidh a ghearr sí cúl na gé leis an scian agus choinnigh sí greim uirthi agus an ghé ag scréachach agus an fhuil ag imeacht aisti. Nuair a chaith sí uaithi ar an talamh í bhí an ghé ag léimneach agus ag crith. Ní fhanfadh Cáit ag féachaint virthi á marú in aon chor ach rith sí isteach agus a méara ina cluasa aici. Nuair a bhí an ghé fuar chuir Mam páipéar timpeall ar a ceann agus bhain sí na cleití di agus chuir sí ar crochadh ar chúl an dorais í.

Oíche Nollag bhí an-saol againn! Fuair mé féin agus Cáit dhá thornapa mhóra agus bhaineamar a leath díobh agus ansin chuireamar poll síos iontu chun na coinnle a chur ina seasamh iontu. Ansin shámar craobhacha beaga cuilinn i ngach tornapa acu agus chuir Cáit páipéar timpeall orthu. Bhí siad go gleoite, a dhuine, agus lasamar iad sular tháinig an oíche in aon chor, ach mhúch Mam arís iad.

Istoíche chuir mo Mham prátaí is iasc ar an mbord chugainn ach ambaiste nár ith mé féin ná Cáit aon phioc de mar bhí a fhios againn go raibh rudaí eile ag teacht. I gceann tamaill tharraing Mam amach an císte mór breac agus ghearr sí dúinn é agus rinne sí tae, agus fuaireamar dhá úll uaithi.

Nuair a bhí athair Mhicilín ag dul thar doras thug Mam isteach é agus thug sí braon as buidéal dó — buidéal go raibh trí réiltín air — agus thug sí braon beag do Dhaid agus fuair sí féin braon as buidéal eile agus dúirt siad go léir 'go mbeirimid beo ar an tráth seo arís!' — pé brí a bhí acu leis. Tháinig Beit Mhór agus Máire Aindí isteach agus chuir mo mháthair braon as an mbuidéal buí in dhá ghloine agus ansin chuir sí siúcra agus uisce beirithe iontu agus chorraigh sí le spúnóg iad. Cheap mé nach n-ólfaidís sin in aon chor ar dtús é. Dúirt Máire Aindí: 'Ó, go maraí sé mé má bhlaisim aon bhraon de!' ach, mar sin féin, d'ól sí é go léir, agus níor mharaigh sé leis í. Tháinig a lán eile isteach i rith na hoíche — buachaillí óga agus is as an gcrúsca mór a thug Mam an deoch dóibh sin.

An riach, a mhic ó, nuair a chonaic mé iad go léir ag ól tháinig dúil mhallaithe agam féin ann agus nuair a chuaigh Daid amach le hathair Mhicilín agus bhí Mam ag caint leis na mná in aice na tine, thóg mé féin slog as an gcrúsca, a dhuine. Ach is láidir nár mharaigh sé mé leis an mblas a bhí air. Ní fhéadfainn é a scaoileadh siar agus bheadh eagla orm é a chaitheamh as mo bhéal ar an urlár, agus seo liom ag baint an dorais amach agus mo bhéal lán. Chonaic mo mháthair ag dul amach mé.

'Cá rachaidh tú anois, a Jimín?' ar sise, ach ar m'anam nach ndúirt mé aon fhocal ach an doras a oscailt agus cur díom. Lean sí amach mé agus nuair a chonaic sí mé ag casachtach agus ag caitheamh seilí amach:

'Há, há, há!' ar sise. 'A chladhaire, ní dhéanfainn dabht de mhac d'athar. Masmas go gcuire sé ort!'

Ba ghránna an riach ruda é.

Ní fheadar cad chuige a ndúirt Mam an focal sin 'mac d'athar' liom?

Bhí sé déanach nuair a chuamar a chodladh an oíche sin mar bhí Mam ag ullmhú na gé i gcomhair Lá Nollag. Bhain sí amach a raibh istigh inti agus nigh agus ghlan í agus ansin líon sí arís í le prátaí brúite agus oinniúin agus piobar agus im agus salann agus rudaí eile agus rinne sí é a dhingeadh isteach inti. Ansin fuair sí snáthaid agus d'fhuaigh sí í. Bhí mé féin is Cáit ag faire uirthi.

Maidin Lá Nollag chuaigh Cáit is mo mháthair go dtí an chéad Aifreann. Bhí mé féin agus Daid i mbun an tí. Fad a bhí Daid ag crú na mbó rinne mise foghail ar an gcupard. Ghoid mé úll agus líon mé póca liom de rísíní agus bhí smut den bhairín breac ann gearrtha — chuir mé chugam é sin, leis. Nuair a bhí mé ag dúnadh an chupaird arís, bhuail smaoineamh mé, rug mé ar an mbuidéal buí agus leathlíon mé cupán as. Bhlais mé é, ach ar m'anam, dá olcas é an stuif dubh ba sheacht measa an rud buí. Dhófadh sé thú, a dhuine! Ansin ní fheadar cad a dhéanfainn leis. Ghlaoigh mé ar an madra agus chuir mé faoina phus an cupán, ach ní fhéachfadh sé air, a mhic ó. Ní dhearna sé ach sraoth a chur as.

Ansin chuimhnigh mé ar sheift eile. Fuair mé dorn mine buí agus d'fhliuch mé leis an stuif as an mbuidéal é agus chuir mé sa bhuaile amuigh é ar phláta.

Siúd chuige an gandal mór agus d'alp sé a raibh ann. Níor bhraith mé faic air go ceann tamaill. Ansin chrom sé ar ghogalach. I gceann tamaill d'éirigh sé as sin agus chrom sé ar shiúl timpeall agus leathcheann air. Fáinne a bhí sé a dhéanamh agus é ag siúl. Ansin stad sé agus leath sé a dhá chos amach ó chéile agus bhí sé á shuaitheadh féin anonn is anall. Chuirfeadh sé na cait ag gáire. Ansin luigh sé agus dhún sé na súile agus ní fhaca mé aon oidhre riamh ach é ar Shean-Diarmaid críonna anseo amuigh nuair a bhíonn sé ag titim dá chodladh sa chathaoir mhór os comhair na tine agus é ag míogarnach. Ansin luigh sé ar fad anuas ar an talamh, shín sé a phíobán uaidh amach agus leath sé a dhá sciathán agus níor fhan anam ná brí ann ach chomh beag agus dá mbeadh sé marbh. Ambaiste bhí mé ag breith chugam ar eagla go gcaillfí é agus ní fheadar cad a dhéanfainn. Chuala mé Daid ag teacht ó chró na mbó agus chuir mé díom isteach. Nuair a chonaic Daid an gandal stad sé agus bhí sé ag caint leis féin.

'An diabhal mé ach go bhfuil sé ina "chocstí!"' ar seisean. 'A Jimín,' ar seisean ag glaoch. Bhí mise ag scuabadh an urláir ar séirse.

'Cad atá ort?' arsa mise.

'Maróidh do mháthair sinn,' arsa Daid. 'Tá an gandal mór ar na croití deiridh.'

'Cad a rinne tú leis?' arsa mise.

'Cad a rinne tusa leis?' arsa Daid.

Bhí mé ag iarraidh é a chur ar Dhaid agus bhí Daid ag iarraidh é a chur ormsa.

'Gearánfaidh mé le do mháthair thú, a bhligeaird!' arsa Daid.

'B'fhearr duit éisteacht,' arsa mise, 'nó inseoidh mé di mar gheall ar an seacht is réal a bhain tú as fiacha na mbeithíoch.'

'Is ea, agus inseoidh mise di cé a mharaigh an cat,' ar seisean.

Ar m'anam, gur bhain Daid stad asam. Mheas mé nach raibh a fhios ag éinne beirthe é. Ach níorbh é sin an chuid ba mheasa den scéal ach go raibh Mam ag éisteacht leis an gcaint go léir mar tháinig sí isteach gan fhios dúinn. Chrom sí ar an mbeirt againn, a mhic ó, agus níorbh fhiú trí leathphingine sinn nuair a bhí deireadh ráite aici. Mise agus Daid bocht! Is crua an saol atá againn! Níor fhan focal i mo Dhaid ach d'éalaigh sé leis go dtí an tAifreann agus bhí mise trí fichid slat ina dhiaidh aniar an bóthar síos agus gan focal as éinne againn.

Nuair a tháinig mé abhaile ón Aifreann bhí an gandal in aice na tine ag Mam agus an t-anam ag teacht arís ann. Ní bhfuair Mam amach riamh cad a d'imigh air mar nuair a tháinig Daid abhaile bhí sí ag baint sásamh de i dtaobh gur ól sé dhá ghloine fuisce as an mbuidéal a bhí sa chupard. Dúirt Daid, 'ambaiste,' nár ól agus go raibh sí ag cur éithigh air, ach d'áitigh sí air gurbh é a d'ól é. Ní raibh siad buíoch dá chéile an chuid eile den tráthnóna. Bhí trua agamsa do Dhaid, ach, dar fia, ba mheasa liom mé féin agus ní dúirt mé aon fhocal.

Caibidil VI
Lá an Dreoilín

Ní mór an sásamh a fuair mé féin ná Daid inár ndinnéar tar éis teacht ón Aifreann Lá Nollag toisc a dhéine a bhí Mam ag plé linn i dtaobh scéal an ghandail agus na scéalta eile a bhí sceite orainn tar éis na maidine. Thug Daid iarracht nó dhó ar a rá nárbh é féin a rinne aon ní leis an ngandal. Dúirt sise go searbh gur dhócha nárbh é a d'ól an dá ghloine fuisce, ach oiread. Bhí sé ar bharr mo theanga agamsa a rá nárbh é a rinne, ach thuig mé in am dá rachadh an focal thar mo bhéal go gcaithfinn cuntas a thabhairt san fhuisce úd. Dá bhrí sin d'fhág mé an scéal mar a bhí cé go raibh trua agam do m'athair. Níor bheag liom a raibh i mo choinne féin cheana.

Bhí an gandal in aice na tine agus é ag teacht chuige féin. Nuair a d'fhéachainn air ní fhéadainn gan gáire a dhéanamh nuair a chuimhním ar an rud a d'imigh air. Chonaic Mam mé vair agus thóg sí os cionn talún mé le clabhta boise. Deirim leat gur chuir mé an doras amach díom tapa go maith gan aon gháire eile a dhéanamh. Thuig mé nuair a bhí sé ródhéanach gur dhearmad dom gáire a dhéanamh fad a bheadh fearg ar Mham. Thuig Daid ó thús é agus bhí a rian air — níor thug Mam aon chlabhta boise dó, is amhlaidh a chuaigh sé féin amach don stábla agus shuigh ar an mainséar ann ag caitheamh tobac, agus ní raibh focal as. Déanann sé mar sin go minic nuair a bhíonn Mam ag deargadh beara air, is ní thuigim cad ina thaobh. Dá mbuailfeadh sí é mar a dhéanann sí liomsa déarfainn go mbeadh cúis aige ach ní bhuaileann choíche. Scaoileann sí le Daid i gcónaí. Dá bhfanfadh sí ar chaint liomsa is mé nach mbeadh duairc.

Nuair nach raibh an dream sa bhaile i bhfonn chun caidrimh chuaigh mé ar lorg Mhicilín Eoin. Thugamar tamall ag caitheamh caidhtí agus tamall eile ag caitheamh tobac as píopa a fuair Micilín ag dul amú i bpóca a athar.

Nuair a bhí an tobac caite againn bhíomar ag iarraidh cuimhneamh ar cad a dhéanfaimis.

'An dian!' arsa mise. 'Beirimis ar asal Thaidhg Mhóir agus ar asal Mháire Aindí agus ceanglaímis a dhá n-eireaball!'

'Tá asal Mháire istigh ó mhaidin aici,' arsa Micilín.

'Nach bhféadfaimis éalú amach as an stábla leis?' arsa mise.

'Ní fhéadfaimis,' arsa Micilín. 'Nach bhfeiceann tú Nell agus Tadhg Óg sa bhóithrín?'

'Go dtaga fuacht sna cosa acu, nach dtéann isteach abhaile!' arsa mise. 'An bhfuil aon ní eile a dhéanfaimis? Nach bhfuil do chatsa fós gan bhá againn?'

'Tá,' arsa Micilín, 'ach tá piscíní ó inné aici.'

'Ó, d'anam don diucs, báimis na piscíní, a Mhicilín.'

'Ní bháfaimid, a bhuachaill, teastaíonn ceann ó m'aintín agus ceann ó Nell Mháire Aindí.'

'Och, a dhe!' arsa mise.

Bhíomar i bhfad ag cuimhneamh ar rudaí ach an riach ceann a bhí chun ár sásaimh. Sa deireadh d'éisteamar ar fad. Sin é an uair a rith an rud i m'aigne féin.

'D'anam don scian, a Mhicilín!' arsa mise. 'An bhfuil a fhios agat cad é?'

'Cad é?' arsa Micilín.

'Bíodh Dreoilín amárach againn!' arsa mise.

'D'anam don diucs, bíodh!' arsa Micilín, agus an dá shúil ag dul amach as a cheann. 'Agus beidh mise i m'amadán.' (Sin é an fear go mbíonn an lamhnán gaoithe aige sa Dreoilín, tá a fhios agat, agus é ag bualadh gach éinne leis.)

'Beidh mise i mo chaptaen,' arsa mise.

'Agus cé a bheidh ina óinseach?' arsa an fear eile.

B'in ceist chrua le réiteach. Chuimhníomar ar Cháit seo againne agus chuamar chun an scéal a chur faoina bráid, ach, a dhuine, spriúch sí.

'Is mór an náire daoibh é!' ar sise. 'An dreoilín bocht a mharú agus bheith ag siúl pluda na dúthaí ag lorg airgid dá cheann.'

'Nach é a sceith ar ár Slánaitheoir,' arsa mise, 'agus nach maith atá sé tuillte aige é a mharú?'

'Más ea, ní hé an dreoilín a bheidh agaibhse a sceith Air,' arsa Cáit.

'Murarbh é, mhuise!' arsa mise. 'Ba é a dhaid críonna a rinne é, agus éinne amháin iad.'

Ach níorbh aon mhaitheas bheith ag gabháil do Cháit. Dúirt sí linn imeacht lenár sean-Dreoilín gan mhaith. Nach ndéanfadh gearrchailí in aon chor na rudaí gránna a dhéanann buachaillí. Ní rachadh sí in aon Dreoilín.

Ní bhíonn aon mhaith sna seanchailíní sin.

Bhí mé féin is Micilín i gcruachás. Ní bheadh aon mhaith inár nDreoilín cheal óinsí. Thriaileamar cailíní an bhaile ar fad ach ní thiocfadh éinne acu linn.

'Caithfimid éirí ar fad as,' arsa Micilín.

'Ní éireoimid,' arsa mise, 'cuirfimid éadach óinsí ar bhuachaill éigin.'

Leis sin ghlaomar chugainn ar na leaideanna eile agus d'insíomar dóibh an rud a bhí beartaithe againn i gcomhair an lae amáraigh. Bhí sceitimíní áthais orthu go léir.

'Caithfidh cuid agaibh éadach ban a bheith oraibh,' arsa mise.

Níor bhraith mé aon bhreis áthais orthu ina thaobh sin.

'Ní rachaidh mise in aon éadach mná,' arsa Tadhg Learaí Bhig.

'Éinne nach bhfuil sásta déanamh mar a deirimse leis, imíodh sé as an Dreoilín ar an bhap,' arsa mise.

D'éist Tadhg Learaí Bhig.

'Cá bhfaighimid éadaí ban?' arsa Smulc. 'Agus cé hiad go mbeidh siad orthu?'

'Tadhg Learaí Bhig agus tusa, a Smuilc, gheobhaidh sibh iad agus cuirigí oraibh iad agus bígí in bhur dhá n-óinseach.'

'Níl aon bhean inár dteachna,' arsa Tadhg, 'ach mo mháthair agus is mó is mór a cuid éadaigh sin domsa.'

Chuir sin i dteannta mé. Bhí a fhios agam gur cheap sé go raibh buaite aige orm. Tháinig cochall orm chuige.

'Ná bac sin, a Thaidhg,' arsa mise. 'Ní fál go haer é. Gheobhaidh mé culaith óinsí duitse, ná bíodh eagla ort. Bígí go léir anseo ar a hocht ar maidin gan teip. Agus anois téimis ar lorg dreoilín.'

Fuaireamar go léir maidí agus clocha agus níor fhágamar tor ná claí ná bóithrín gan chuardach, féachaint an bhfaighimis dreoilín le marú, ach an

riach dreoilín a bhí in aon áit acu. Dúirt Smulc gur dócha gurbh amhlaidh a bhí siad go léir imithe abhaile i gcomhair na Nollag, ach is dóigh liomsa gurbh amhlaidh a bhí a fhios acu go raibh Lá an Dreoilín ag teacht agus go ndeachaigh siad go léir i bhfolach ar eagla go maróimis iad.

B'éigean dúinn sa deireadh dul abhaile gan aon dreoilín. Theastaigh ó Mhicilín arís go n-éireoimis as an scéal toisc gan an t-éan beag a bheith againn, ach dúirt mise go ligfimis orainn go raibh sé istigh i nead i lár an toir chuilinn againn agus nach ligfimis d'éinne féachaint air. Ní raibh Micilín sásta ar fad, cé gur ghéill sé.

Bhí hata crua agus casóg eireaбаill istigh i gcupard mór sa bhaile. Le mo Dhaid Críonna ab ea iad sular cailleadh é, fadó riamh. Chuir mé gan fhios iad amach ar lochta an stábla. Bhí mé ar lorg bróg, leis, le cur orm, ach ní raibh aon phéire sa teach nach dtitfeadh de mo chosa ach péire de bhróga deasa leaistice le Mam a bhí os cionn an iarta ar chlár aici. Chuir mé mo shúil orthu sin, ach d'fhág mé mar a bhí siad go maidin iad ar eagla go mbraithfeadh Mam an drochfhuadar. Rinne mé aghaidh fidil as bibe le Cáit agus thóg mé a raibh de ribíní sa bhoiscín aici agus chuir mé ar an hata iad. Fuair mé píce agus cheangail mé tor cuilinn ar a barr agus nead istigh ina lár, de chaonach.

Ó ba chaptaen mise, dar ndóigh, níor mhór dom claíomh. Ní raibh aon chlaíomh sa teach riamh againne ná ag éinne ar an mbaile — ná gnó acu de — agus d'fhág sin mise i dtaobh le claíomh adhmaid a rinne mé de chláirín. Thairneáil mé píosa beag sé orlach trasna air in aice mo láimhe.

Nuair a bhí mo chuid féin faighte agam chuaigh mé ar lorg culaith óinsí do Thadhg Learaí Bhig. Ní raibh aon ní oiriúnach le fáil ach éadach le Cáit, agus bhí mé i gcás idir dhá chomhairle cad a dhéanfainn. Chuardaigh mé seomra Mham ach ní raibh aon rud ann go bhféadfadh Tadhg é a chaitheamh. Bhí an scéal ag déanamh tinnis dom agus sinn ag dul a chodladh. Nuair a bhí an Choróin Mhuire á rá agam thug Mam greasáil eile dom mar nach ndúirt mise ach seacht gcinn den deichniúr. Ní fheadarsa an ndúirt mé nó nach ndúirt mé i gceart iad mar nach orthu a bhí mé ag cuimhneamh ach ar chulaith do Thadhg Learaí Bhig.

D'éirigh mise roimh an gcuid eile den teach ar maidin. Bhuail mé na bróga leaistice faoi m'ascaill. Ansin chuaigh mé go dtí seomra Cháit is chuardaigh mé arís do chulaith i gcomhair Thaidhg. Phrioc an tÁibhirseoir mé sa deireadh agus thug mé liom gúna agus rudaí eile le Cáit agus amach tríd an bhfuinneog liom go dtí an stábla. Chuir mé orm mo chulaith Dreoilín — na bróga leaistice agus an chasóg eireabaill agus an hata caroline agus ribíní Cháit ar sileadh leis. Bhuail mé orm an aghaidh fidil ansin agus mo chrios agus mo chlaíomh, agus deirimse leat, a dhearthair, go raibh cuma chaptaen Dreoilín orm má bhí sé ar éinne riamh. D'imigh mé ansin ar lorg na coda eile. Bhí siad ag teacht, duine ar dhuine, agus an riach duine acu a d'aithin mé, a mhic ó, gur bhain mé an aghaidh fidil díom.

Thugamar tamall maith ag feistiú a chéile sula rabhamar ullamh. Nuair a tháinig Tadhg Learaí Bhig chrom mé ar éadach Cháit a chur air. Ach bhí ciotaí sa scéal — ní rachadh éadach Cháit ar Thadhg gan Tadhg a bhaint a choda féin de — rud nár thaitin in aon chor leis. Níor fhan dá chuid féin air ach a léine, ach nuair a bhí an gúna air agus caidhp bhiorach pháipéir ar a cheann bhí sé ina ghearrchaile deas go leor. Sceith na bróga air, áfach. Péire lena athair ab ea iad agus iad rómhór dó. Is amhlaidh a bhíodh sé á dtarraingt ina dhiaidh agus gach aon phlup phlap acu.

Ceathrar de lucht ceoil a bhí againn. Thug mé féin orgán béil liom a fuair Cáit ó m'aintín. Ag Tomaisín Bán a bhí sé á sheinm i rith an lae. Bhí trumpa stáin ag Micilín a thug sé do Smulc. Thug duine eile mias mhór stáin leis agus bhí ag gabháil de mhaide air agus bhí buicéad stáin ar sileadh le muineál duine eile agus bhídís a gceathrar ag séideadh is ag bualadh is ag greadadh i dteannta a chéile agus dhéanaidís ceol breá.

Thug mé an tor cuilinn le hiompar do Pheats Mhicilín Dan agus bhí lamhnán gaoithe ag Micilín Eoin a fuaireamar ó Thadhg Óg nuair a mharaigh siad an mhuc roimh Nollaig agus bhíodh sé ag bualadh gach éinne leis. Bhí málaí ar chuid acu agus léinte fear ar a thuilleadh agus seansciorta lena mháthair ar fhodhuine. Bhí blús gorm le Nell Mháire Aindí ar Mhicilín Eoin agus an

83

riach pioc di a d'aithin in aon chor air é gur chuimhnigh sí uirthi féin lá arna mhárach.

Teach Bheit Móire an chéad áit a chuamar. Bhí mo chlaíomh ar tarraingt agam féin nuair a mháirseálamar an doras isteach chuici. Bhuaileamar suas ceol di agus rinneamar rince ar an urlár. Rinneamar fáinne timpeall ar Bheit agus sinn ag damhsa. Chrom Beit ar rince í féin, istigh i lár an fháinne agus b'in é an t-iontas: pramsáil Bheit a fheiceáil. Bhí gearranáil uirthi nuair a stad sí agus b'éigean di suí.

'Ara, mhuise, is tréan na buachaillí sibh,' ar sise.

'Caith chugainn dorn airgid,' arsa sinne, mar b'in é
ab fhearr linn ná aon phlámás.

'Airgead, ab ea?' ar sise. 'Och, mura sibh na rógairí
agam!' agus bhí sí ag gáire ag dul go dtí an dresser.
Tá Beit an-bheathaithe agus nuair a gháireann
sí bíonn sí ar fad ag crith agus ansin ní fhéadfá
féin gan bheith ag gáire leis.

Thóg sí seanmhuga den dresser agus fuair sí dhá
thoistiún rua ann agus thug sí dúinn é. Rinneamar greas
eile ceoil ansin di agus babhta rince agus d'imíomar.
Chuamar go teach Mhicilín Eoin agus fuaireamar réal ann. As sin linn go teach
Thaidhg Óig. Bhí Tadhg Óg istigh agus bhí sé ag magadh fúinn agus á rá
nach raibh ceol ná rince againn, ach nuair a bhíomar ag imeacht thug sé
scilling dúinn agus thug bean a dhearthár réal dúinn.

Nuair a thángamar go teach Mháire Aindí bhí an-gheoin againn. Urlár
leac a bhí ann, tá a fhios agat, agus rinneamar cnagarnach bhreá air ag rince.
Nuair a chuala an madra mór atá acu an ceol shuigh sé ar a chorraghiob agus
chuir sé a shrón san aer agus d'oscail a bhéal agus bhí ag cur glamanna móra

brónacha ceoil as i dtreo is go gceapfá go raibh gach madra riamh a bhain leis marbh. Bhí Nell ag iarraidh sinn a aithint. Chaith a máthair amhras láithreach orm féin.

'Mhuise, slán beo le Sean-Tadhg,' ar sise, 'agus ní hé sin críoch ba mhaith leis ar a chasóg ghreanta.'

'Ara, ní hí an chasóg atá ag déanamh tinnis anois dó,' arsa mise. 'Nach bhfuil sé deich mbliana sa chré?'

'Maróidh do mháthair thú,' arsa Máire Aindí.

'Ná bí ag tarraingt mo mháthar chugam,' arsa mise, 'ach tabhair dom scilling don Dreoilín.'

Gháir Máire.

'Féach, a Nell,' ar sise, 'gheobhaidh tú réal sa sparán sin thíos agus tabhair do na buachaillí í.'

Chuaigh Nell go dtí an sparán ach ní réal a thug sí dúinn ach scilling. Ansin thug sí stráice aráin an duine dúinn agus bhí rísíní ann. Is maith liom féin Nell.

Thugamar turas ar na tithe eile sa bhaile i ndiaidh a chéile ach d'fhág mé ár dteachna ar deireadh. An rud a dúirt Máire Aindí i dtaobh chulaith mo Dhaid Chríonna agus i dtaobh na feirge a bheadh ar Mham — sin é a choinnigh ón teach mé. Ní baol ná go n-aithneodh Mam an chasóg eireabaill agus an hata agus d'fhágfadh sin an Dreoilín gan chaptaen. Is é a rinne mé sa deireadh ná an chuid eile a chur go dtí an teach agus fanacht mé féin sa bhóithrín. Bhí seans go bhfaighidís scilling ó Mham mura bhfeicfeadh sí mise ina dteannta.

Bhuel, a dhearthάir, is maith a scar mé leis is gan dul leo. Chonaic mé iad go léir ag dul an doras isteach agus na gléasanna ceoil ar siúl acu. Níorbh fhada, áfach, gur stad an ceol go tobann agus chonaic mé ag brú a chéile sa doras arís iad ag iarraidh teacht amach. Stad siad taobh amuigh agus bhí siad ag féachaint an doras isteach ar rud éigin a bhí ar siúl istigh ach ní leomhfadh éinne acu dul róghairid don doras. 'Mam arís, déarfainn,' arsa mise, agus thug mé mo bhuíochas do Dhia gur fhan mé óna crúcaí.

Ní fada dom go bhfaca mé mo dhuine, Tadhg Learaí Bhig, ag teacht an doras amach chun na coda eile agus ba dhóbair go dtitfinn nuair a chonaic mé an íde a bhí air. Ní raibh d'éadach ná de chulaith an Dreoilín air ach an méid nár le Cáit seo againne. Aon lá dá chuimhne níor tháinig dom agus mé ag cur na coda eile go dtí an teach, go n-aithneodh Mam gúna Cháit ar Thadhg.

Bhí Tadhg ag pusaíl ghoil agus a lámh trasna a shúl aige leis an náire. Bhí trua agam dó ach, ar m'fhallaing, nuair a chonaic mé an bhreall a bhí air agus an dá bhróg mhóra á dtarraingt ina dhiaidh aige ag teacht chugam sa bhóithrín níor fhéad mé gan gáire. Nuair a chonaic Tadhg mé ag gáire tháinig an ghoimh air.

'Léan ort,' ar seisean, 'is tusa faoi deara é,' agus bhí an gol agus an fhearg á thachtadh. Rug sé ar na clocha sa bhóithrín agus bhí sé á rúscadh liom agus gach aon liú goil aige. Phléascamar go léir ag gáire. 'Hí-ú, cosa buí arda!' arsa mise. Rinne sin an donas ar fad ar Thadhg. 'Bú hú!' ar seisean agus as go brách leis abhaile trí na garraithe.

Ach dá mhéad an greann a bhí againn ar Thadhg ní raibh mise in aon chor istigh liom féin. Bhí fearg mo mháthar mar a bheadh scamall os mo chionn.

D'imigh an Dreoilín ar fad soir chun na ceárta agus chun na dtithe in aice leis, ach ní bhfuair mé aon spórt sa Dreoilín a thuilleadh. Nuair a chuamar go teach Pheats Teaimí ní thabharfadh sé aon ní dúinn. Dúirt sé gur 'paca bligeard' sinn agus chuir sé an madra linn, ach d'éirigh an madra as an scéal nuair a bhuail mise isteach sa chliathán le cloch é. Rith Peats i mo dhiaidh lena mhaide ach bhí fuar aige bheith ag iarraidh breith ormsa agus na bróga leaistice orm!

Bhíomar tuirseach den Dreoilín faoin tráth sin agus dúramar go n-éireoimis as. Bhí ocras ag teacht, leis, orainn. Dó dhéag is seacht bpingine a bhí againn

88

agus roinneamar idir an deichniúr a bhí sa Dreoilín é — scilling is leathréal an duine. Thugamar an phingin bhreise do Thadhg Learaí Bhig toisc an sceimhle a fuair sé ó Mham. Micilín a thug abhaile chuige é. Ansin thug gach éinne aghaidh ar a theach féin agus fuadar ocrais faoi.

Ach, an dtuigeann tú, ní raibh aon fhuadar fúmsa chun an tí. Bhí drochiontaoibh agam as an bhfáilte a chuirfí romham. Thug mé fuath don bhaile. Thuig mé, tá a fhios agat, go raibh Mam ag feitheamh liom ann agus go mbeadh sásamh uaithi i ngúna Cháit agus i gcasóg mo Dhaid Chríonna agus sa hata caroline agus dúirt mé liom féin gurbh é mo leas Mam a sheachaint i láthair na huaire sin agus b'fhéidir le himeacht aimsire go dtiocfadh sí chun bladair liom arís.

Suas go dtí teach Mháire Aindí a chuaigh mé. Ní fhéadfainn fanacht amuigh agus an chulaith mhallaithe úd orm, agus bhí an lá fós ann i slí nach bhféadfainn dul gan fhios go dtí an stábla chun mo chuid éadaigh féin a fháil. Bhí an t-ocras ag gabháil dom go géar agus bhí súil agam, tá a fhios agat, go bhfaighinn píosa de chíste Nollag ó Nell. D'íosfainn píosa mór de chíste an uair chéanna.

Bhí Nell istigh agus Máire Aindí agus Tadhg Óg. Nuair a chonaic Tadhg an chulaith fós orm tháinig fonn magaidh air.

'Déanfaidh sé seo Dreoilín go hoíche de,' ar seisean.

'Nach agat atá an cion ar bhalcaisí do Dhaid Chrionna?' arsa Máire Aindí agus bhí sí ag gáire.

Rug Nell ar an hata agus chuir ar a ceann é. Dar fia, níor oir sé go holc in aon chor di.

'Tabhair dom an chasóg, leis,' ar sise agus bhain sí díom í agus bhí á cur uirthi.

'Ara, bain díot iad agus ná bí ag déanamh Máire Ní Ógáin díot féin,' arsa Máire Aindí.

Ní dhearna Nell ach gáire agus d'fhéach sí síos uirthi féin.

'Nach bhfuilim go deas?' ar sise.

'Ó, go gleoite!' arsa Tadhg.

Ní dúirt Máire aon ní.

'Cad a dúirt do Mham leat nuair a chonaic sí thú?' arsa Nell.

'Ní fhaca sí fós mé,' arsa mise, 'mar nach raibh mé sa bhaile chuige.'

'Agus an amhlaidh atá eagla ort dul?' arsa Nell.

'Ba mhaith an ceart dó,' arsa Tadhg, agus d'inis sé dóibh cad a d'imigh ar Thadhg Learaí Bhig. 'Agus dá mhéad an néal a bhí uirthi nuair a chonaic sí gúna Cháit ar Thadhg beag tháinig an ghoimh ar fad uirthi nuair a bhraith sí casóg agus hata a hathar imithe!' arsa Tadhg Óg.

Bhí a fhios agam féin gur mar sin a bheadh, leis, gan Tadhg Óg á insint dom in aon chor. Bhraith mé mo chraiceann greadta, scólta cheana féin ón mbualadh a bhíothas chun a thabhairt dom.

'Ní gá di in aon chor bheith chomh crua ar bhuachaill bocht,' arsa Nell.

'B'fhéidir nár ith tú aon dinnéar inniu, leis,' ar sise.

Thuig mé go raibh Nell tuisceanach agus go mbeadh sí ag tathant orm go gcaithfinn rud éigin.

'Ó,' arsa mise, 'níl aon ocras orm.' Bhí, an dtuigeann tú, ach ní ligfeadh náire dom é a rá.

'Mura bhfuil féin, b'fhéidir go n-íosfá píosa de chíste Nollag.'

Bhí mé i gcás crua — ní fhéadfainn a rá go n-íosfainn agus níor mhaith liom a rá nach n-íosfainn. Ach bhí Nell tuisceanach. Chuaigh sí agus thug sí chugam canta mór de bhairín breac agus muga bainne. Nuair a bhí mé á ithe dúirt mé liom féin gurbh í Nell an duine ba thuisceanaí dár bhuail riamh liom.

Nuair a bhí an béile ite agam bhraith mé feabhas mór ar gach aon scéal agus bhíodh cuimhne Mham ag imeacht uaim go bhféachainn i gcónaí ar an gcasóg eireabaill. De réir mar a bhí sé ag dul i ndéanaí, áfach, agus gur mhithid dom bheith ag dul abhaile ní raibh mé in aon chor istigh liom féin. Bhí a cuimhne ag teacht ar ais chugam go han-soiléir ar fad. Níor shamhlaigh mé aon ní léi an uair sin ach sceimhle mór an Luain go mbíonn Beit Mhór ag trácht air go minic, pé rud é. Ach ní raibh aon dul uaidh agam, thuig mé, agus d'éirigh mé chun dul abhaile.

'Abhaile atá tú ag dul?' arsa Nell.

'Is ea,' arsa mise, 'agus ba bhreá bheith ag dul don chroch seachas é.'

Gháir siad go léir. D'fhéach mé anonn ar Nell.

'Mhuise, beannacht Dé ort, agus téanam ort i mo theannta féachaint an

92

bhféadfá faobhar mo mháthar a chur díom.'

Is dócha gur thuig sí an cás crua a bhí orm. Phreab sí.

'Mhuise, im briathar go rachaidh mé,' ar sise.

Tháinig oiread bó de chroí dom, a dhuine. Bhí Máire Aindí ag gáire faoin scéal.

Nuair a bhíomar ag imeacht, arsa Tadhg Óg: 'Arbh aon chabhair mise a dhul in bhur dteannta?' agus d'fhéach sé ar Nell. Stad gáire Mháire Aindí agus tháinig cuma mhíchéatach uirthi nuair a d'fhéach sí sa chúinne ar lorg rud éigin. Lena linn sin d'fhéach Nell ar Thadhg agus bhagair a ceann chun an dorais.

'Téanam ort,' arsa mise, agus tháinig.

Ba mhór an misneach orm é an bheirt a bheith faram agus mé ag dul go dtí an teach. Ghabhamar an bóithrín — mise ar tosach agus iadsan i mo dhiaidh agus lámh Nell i lámh Thaidhg toisc an oíche a bheith ann is dócha. D'fhan siad i ndoras an stábla fad a bhí mise ag dul ar an lochta ar lorg mo chuid éadaigh féin agus á chur orm.

Nuair a tháinig mé arís chucu ghluaiseamar chun an tí. Ní mise a bhí ar tosach an babhta seo ambaiste! Is i gcoinne mo chos a bhí mé ag dul ann, a dhuine.

'Ná bíodh aon drochmhisneach ort, a bhuachaill,' arsa Nell liom. 'Siúil leat.'

'Ní ligfidh tú di mé a mharú ar fad, a Nell,' arsa mise.

'Ní ligfidh mé,' arsa Nell. 'Croith suas tú féin.'

Thug mé féin suas do Dhia agus do Mhuire agus rug mé greim ar ghúna Nell agus chuaigh mé thar doras isteach ina diaidh. Bhí Mam ina suí ag ceann an bhoird agus Daid le hais na tine agus Cáit imithe a chodladh, is dócha. Nuair a chuaigh mé isteach d'fhéach Mam orm. Chloisfeá biorán dá dtitfeadh. Stad mo chroí agus m'anáil agus chrom rud éigin i gcolpaí mo chos ar chrith agus mheas mé go dtitfinn.

'Tháinig tú,' ar sise.

Ar m'fhallaing nár labhair mé! D'éirigh Mam agus thóg sí anuas an tslat den chlár os cionn na tine mar a mbíodh sí i gcónaí aici.

'Tar i leith chugam,' ar sise.

Ó, a mhuiricín! Bhí mé ag cur uaim. Leis an scanradh bhí mé ag bogadh de ghúna Nell chun dul chun na slaite nuair a chuir Nell taobh thiar di mé.

'Ní bhuailfidh tú barr méire ar an mbuachaill,' ar sise le Mam. Mo cheol í Nell.

'Buailfidh mé agus bainfidh mé an craiceann anuas de, mar is é atá tuillte aige,' arsa Mam.

Bhí scaimh uirthi á rá, a dhuine.

'Á, faire, a Mham, ná déan,' arsa Nell. 'Rinne an gasúr bocht dearmad agus tá aithreachas anois air.'

'Aithrí thoirní,' arsa Mam.'Scaoil i leith chugam é agus múinfidh mise dó …'

'Ach beidh sé ina bhuachaill maith gach aon uair eile,' arsa Nell.

Bhí Nell ar a dícheall.

'Beidh, nuair a bheidh mise críochnaithe leis,' arsa Mam agus thug sí fogha timpeall ar Nell chun breith orm. Léim Nell eadrainn chun mé a chosaint ach is baol go dteipfeadh uirthi agus go mbeadh deireadh le Jimín mura mbeadh go ndearna Tadhg Óg fóirithint orm. Ní dhearmadfaidh mé go brách dó é. Rug sé ar lámh Mham agus bhain sé an tslat di. Ó, a dhuine, ba mhór an fhuascailt é. Bhí Mam ar buile ach rinne siad caint bhreá bhog léi á ciúnú: gur buachaill bocht óg mé agus nach raibh aon chiall agam; nach mbíonn ceann críonna ar cholainn óg; nach dtagann ciall roimh aois; gur fearr go hanamúil aerach mé ná bheith i mo ruidín mílítheach cois na tine aici; go ndéanfainn fear maith ciallmhar fós, le cúnamh Dé; agus nach minic a chuala sí na seandaoine á rá gur 'duine óg diaganta ábhar diabhail seanduine'; agus a lán eile cainte mar sin go ndeachaigh sí chun suaimhnis.

Ansin tharraing Tadhg scéal eile anuas — go raibh cúig punt a cúig déag ar bhainbh ocht seachtaine ar shráid an Daingin Satharn na Nollag agus bhréag siad Mam mar sin ó bheith ag cothú fala i mo choinnese. Fad a bhí siad ag caint d'éalaigh mé féin chun súsa agus mé go buíoch trína fheabhas a chuaigh mé as. Ní haon néal codlata a thit orm, áfach, gur chuala mé Nell agus Tadhg ag imeacht abhaile agus níor stad mo chroí de bhualadh gur chuala mé Mam ag dul dá seomra féin. Is sia a chuimhnigh sí ar mhíghníomh lá sin an Dreoilín i mo choinne ná aon rud eile a bhí déanta le fada agam. Gach aon mhaidin Domhnaigh nuair a d'fheiceadh sí gúna Cháit agus an rian dubh a d'fhan air i ndiaidh an lae mhí-áidh sin ní fhéadfadh sí gan é a chur i gcuimhne dom. Dá mbuailfeadh Dia aon seans i dtreo Cháit go bhfaigheadh sí gúna nua, ba mhór an suaimhneas dom é.

Caibidil VII

Mar a briseadh cleamhnas Pheats Teaimí

Táim le fada ag faire ar Nell Mháire Aindí agus ar Thadhg Óg. Go dtí coicís ó shin bhíodh an bheirt acu sa bhóithrín gach aon tráthnóna. Is mó tamall a thug mé ag faire orthu. A leithéid de chogarnach is a bhíodh acu, a dhuine! D'éalaíos-sa taobh thiar den chlaí oíche ag éisteacht leo féachaint cad a bhí ar siúl acu. Ní raibh siad buíoch dá chéile. Is amhlaidh a bhí sí sin ag tabhairt greadadh dó i dtaobh go raibh sé ag rince le cailín ó Bhaile na hAbhann. Thug Tadhg na seacht leabhair dhéag nach raibh aon toradh aige ar an gcailín ó Bhaile na hAbhann ná ar aon chailín dár rugadh riamh ach uirthi féin. Ní fheadar ar chreid sí é, nó nár chreid. Is dócha nár chreid mar nuair a thug sé iarracht ar í a phógadh bhuail sí clabhta boise sa leathcheann air. Is minic a bhídís mar sin sa bhóithrín.

Tráthnóna timpeall coicís ó shin tháinig Máire Aindí isteach go dtí mo mháthair agus bhí siad ag cogarnach agus thuig mé go raibh scéal mór éigin ar siúl acu. Chuir mise mo chuid leabhar ar cheann an bhoird le hais leo chun bheith ag foghlaim mo chuid ceachtanna, mar a dhéanfadh buachaill maith, ach dúirt Mam liom dul ag iarraidh gabháil mhóna. Nuair a bhí sé sin istigh agam chuir sí amach mé ag iarraidh uisce. Thug mé liom an t-uisce, agus ansin dúirt sí liom dul ar lorg na ngéanna. Bhí a fhios agamsa go maith cad chuige a raibh sí do mo chur amach, ach dá fheabhas í, fuair mé amach cad a bhí ar siúl acu. D'éalaigh mé isteach trí fhuinneog an tseomra agus bhí mé ag éisteacht ag poll na heochrach. Máire Aindí a bhí ag caint.

'Ní fheadarsa cad é an saol atá anois ann nach ndéanann an dream atá suas mar a rinne a muintir rompu — a bheith sásta leis an té a gheobhadh a n-athair nó a máthair dóibh.'

'Tá athrú tagtha ar an saol ó bhí mise is tusa óg agus ní hé an meon céanna atá ag daoine,' arsa Mam. 'B'fhéidir go bhfuil an ceart ag an gcailín. Mura bhfuil sí sásta é siúd a phósadh, b'fhéidir nach ceart duitse iachall a chur uirthi é a dhéanamh.'

'Cuma nach mbeadh sí sásta leis?' arsa Máire. 'Nach bhfuil díol aon chailín d'fhear ann? Agus cad é an tábhacht má tá blianta beaga aoise aige uirthi? Nach fearr é ná an glaigín gan éifeacht sin a bhfuil sí ag cur na súl amach ag gol mar gheall air ó tháinig an scéala cleamhnais ó Pheats Teaimí?'

Sin é a dúirt Máire.

'An mór an spré a thairg Peats duit, a Mháire?' arsa Mam.

'Thairg, a chroí,' arsa Máire, 'cúig chéad punt slán, agus nach orainn a bheadh an seans an méid sin airgid a bhualadh an doras isteach chugainn. Ní chuirfinn a chathú go brách díom dá scaoilfinn uaim é.'

Ní dúirt Mam aon ní go ceann tamaillín.

'Tá sé an-chríonna, a Mháire,' ar sise faoi dheireadh.

'Ní mó ná deich mbliana is daichead d'aois é. Is mó lá oibre fós ann,' arsa

Máire.

'Níl Nell ach ceithre bliana fichead,' arsa Mam.

'Arú, nach ag dul in aois a bheidh sí?' arsa Máire.

'Cad a deir sí i dtaobh an chleamhnais?'

'Arú, is mó rud a deir sí, ach tiocfaidh ciall di ar ball. Mura mbeadh Tadhg Óg sin, níor ghá dom bheith ag tathant in aon chor uirthi. An raibh a leithéid d'iníon riamh ag éinne? Fear breá, ciallmhar, aici á fháil agus gan aon toradh aici air.'

'Féach, a Mháire,' arsa Mam, 'b'fhéidir go bhfuil an ceart ag an gcailín, má tá éileamh aici ar Thadhg Óg, is dócha gur dheacair léi an Sean-Pheats Teaimí a phósadh...'

'Tse, éileamh aici ar Thadhg Óg! Agus má tá féin, cad a bhaineann sin leis an scéal? Ní bhíonn san éileamh sin ach caitheamh aimsire, ach ní haon chaitheamh aimsire é an pósadh.'

'Cad é an locht atá agat ar Thadhg Óg?' arsa Mam.

'Arú, ná bí ag caint liom ar Thadhg Óg,' ar sise, 'níl aon dealramh leis, é féin agus a thrí chéad go leith punt is go bhfuil an doras á chur isteach orm gach aon lá ag daoine ag teacht ag tathant ceithre chéad agus ceithre chéad go leith orm, agus nach in cúig chéad á thairiscint dom ag Peats

Teaimí.'

'An aois, a Mháire, an aois,' arsa Mam. 'B'fhéidir nach mairfeadh sé sin deich mbliana eile.'

'Arú, mura maire sé féin, nach mbeidh sí ina bean óg an uair sin, agus gheobhaidh sí fear eile agus, dá ndéarfainn é, spré.'

Bhí siad tamall eile ag caint mar sin, ach thuig mé mar a bhí an scéal, agus d'éalaigh mé liom amach arís tríd an bhfuinneog. Teach Mháire Aindí a bhain mé ar dtús amach. Ní raibh éinne istigh ach Nell agus rian an ghoil uirthi.

'Arú, ná bí ag gol in aon chor!' arsa mise. 'Ar ndóigh ní mhairfidh sé sin deich mbliana eile.'

'Cé hé?' ar sise.

'Peats Teaimí,' arsa mise, 'agus beidh tú i do bhean óg an uair sin.'

Tháinig dhá shúil di agus las sí go bun a cluas.

'An bhfuil éileamh agat ar Thadhg Óg?' arsa mise. 'Dúirt Mam go raibh.'

Ní dúirt sí aon ní, ach bhí sí ar bhruach goil.

'Agus dúirt do mháthair nach raibh ansin ach caitheamh aimsire, agus go gcaithfeá Peats agus a chúig chéad punt a phósadh. Bhí mé ag éisteacht leo trí pholl na heochrach.'

'Cad a dúirt siad?' ar sise.

'Dúirt mo Mham gur mhór an náire tú a phósadh le seanduine,' arsa mise, 'agus bíonn an ceart ag Mam. Féach, a Nell, ná pós Peats sin in aon chor, agus cabhróidh mise leat.'

Gháir sí tríd an ngol.

'Dá fheabhas thú, mhuise, a Jimín,' ar sise, 'rachaidh de do dhícheall mé a chosaint ar Mham agus ar an seanchníopaire sin a bhfuil cúig chéad punt aige.'

'Fan bog, mhuise,' arsa mise, agus siúd liom an doras amach.

Nuair a bhí mé ag gabháil síos thar theach Thaidhg Óig, bhí Tadhg san iothlainn agus é ag gearradh tornapaí. Ach ní ag gearradh a bhí sé in aon chor, mar is amhlaidh a bhí a uillinn anuas ar an meaisín aige, agus a lámh faoina leathcheann, agus níor dhóigh leat air go raibh aon an-mhisneach air.

'Cad é an fuadar atá anois fút, a Jimín?' ar seisean.

'Fuadar cleamhnais, dar fia!' arsa mé féin. Ní fhéadfainn gan é a ligean amach.

'Arú, cé dó?'

'D'iníon Mháire Aindí,' arsa mise.

Mheas sé gur ag magadh faoi a bhí mé. 'Tá stócach aici, mhuise,' ar seisean.

'Is fearr mé ná tusa, pé scéal é, agus dá mbeadh aon mhaith ionat, ní ansin a bheifeá, ach thuas aici. Tá sí ina haonar agus í ag gol,' arsa mise, 'agus ní fiú í bheith ag gol mar gheall ort.' Ní fhéadfainn é a choinneáil istigh.

Chaith sé tornapa liom.

'Níl éinne ina teannta,' arsa mise, agus as go brách liom.

Tá Peats Teaimí ina chónaí dhá mhíle siar vainn. Nuair a tháinig mé ann, ní raibh sé istigh. Dúirt duine éigin liom go raibh sé sa cheárta. Chuaigh mé ansin. Bhí an oíche tite, agus a lán daoine istigh ann ag caitheamh tobac. Bhí an gabha ag baint srannfach as na boilg. Nuair a chonaic sé mise, stad sé.

'Is ea, a bhuachaill bhig,' ar seisean, 'cad atá uaitse?'

'Tá, Peats Teaimí,' arsa mise, 'an bhfuil sé anseo?'

'Sin é ina shuí ar cheann an bhinse é,' ar seisean.

'An é an seanleaid maol é?' arsa mise.

Ní dúirt éinne faic leis sin, ach gháir slibire de gharsún fada a bhí ann. Bhí a lán de na fir, áfach, a thug sonc uillinne dá chéile. Tháinig lasadh san fhear maol.

'An tusa Peats Teaimí?' arsa mise leis.

'Cad ab áil leat díom?' ar seisean.

'Tháinig mé i leith,' arsa mise, 'ó iníon Mháire Aindí chun a rá leat nach bpósfadh sí in aon chor thú, mar gur seanchníopaire thú, agus deir Mam go bhfuil an ceart aici, ach deir Máire Aindí nach mór an díobháil a bheidh déanta má phósann tú Nell, mar nach fada a mhairfidh tú agus go mbeidh Nell ina bean óg i do dhiaidh, agus go bhfaighidh sí fear eile, agus beidh do chúig chéadsa acu.'

Fad a bhí mé ag caint bhí meangadh gáire ag teacht ar chuid de na fir agus sula raibh deireadh ráite agam bhí clab ar an gcuid ba mhó acu ag gáire. An riach, a mhic ó, ach gur tháinig straidhn ar Pheats Teaimí chugam. Phreab sé anuas den bhinse agus é ar buile le fearg.

'Don diach a bheirim Máire Aindí agus a toice iníne!' ar seisean. 'Abair leo gur maith liom bheith scartha leo mar gurbh olc an íde a thug an tseanbhean ar an bhfear a bhí aici féin nuair a chuir sí sa chré go hóg é. Sin é an íde a mheas sí a thabhairt ormsa, leis, is dócha, tar éis mo chuid a shlad vaim. Beirimse an fial nach mbeidh mise i m'amadán acu. Fág mo radharc, a choileáin!' ar seisean liomsa.

Chuir a chuid cainte olc orm. 'Bú,' arsa mise, 'a sheanphlaitín scúite.'

Bhí mé an-drochmhúinte, admhaím, ach ní fhéadfainn an 'fear maith' a fhágáil aige.

Tharraing sé iarracht de chic orm, a mhic ó, ach ní mé a bhuail sé ach madra an ghabha agus thóg sé os cionn talún é. Dúirt an gabha leis go mbrisfeadh sé a phus. Ní fheadarsa cad a tharla ina dhiaidh sin mar bhain mé an doras amach.

Bhí an oíche dhorcha agam ag teacht abhaile agus níor stad mé ach ag rith chun nach mbéarfadh na púcaí orm. Níor rug. Go dtí teach Mháire Aindí a chuaigh mé ar dtús. Bhí Nell ar fud na cistine. Bhí Máire Aindí agus Beit Mhór agus beirt nó triúr eile ban timpeall na tine agus iad ag caint i dtaobh an chleamhnais.

'Is dócha go mbeidh sibh ag dul don Daingean Dé Sathairn chun páipéir an chleamhnais a fháil ón aturnae?' arsa Beit Mhór agus mé ag teacht an doras isteach.

'Ní bheidh,' arsa mise, 'tá an cleamhnas briste.'

D'fhéach siad go léir orm.

'Tá sé briste,' arsa mise.

'Cé a dúirt sin leat, a bhligeaird?' arsa Máire Aindí.

'Peats Teaimí,' arsa mise. 'Bhí mé ar an gceárta anois agus bhí Peats ann agus d'fhógair sé don diabhal tusa agus do thoice iníne agus dúirt sé liom é a rá leat nach mbeadh a chuid airgid agatsa ná nach gcuirfeadh sibh don chré é mar a chuir tusa d'fhear féin, agus bhí an ghoimh air á rá.'

Arú, a mhic ó, ní fhaca tú riamh ach an phreab a bhain mé astu. Chuaigh Máire Aindí i laige agus bhí mé ag caitheamh uisce uirthi gur tháinig an t-anam arís inti. Ansin chrom sí ar ghol agus bhí na mná go léir ina timpeall ag iarraidh í a chur ar a suaimhneas. Ní raibh Nell ag gol in aon chor. Bhí Beit Mhór ag cáineadh Pheats Teaimí.

'Léan air, an ruidín súigh!' ar sise. 'B'olc an díol air é a thabhairt isteach ar do thinteán. Is maith a scar tú leis, a chroí.' Ba dhóigh leat ar Bheit Mhór gurbh í Máire Aindí féin a bhí á pósadh leis.

Bhí Nell timpeall a máthar a bhí ag gol. 'Á, a Mhamaí, éist,' ar sise, 'nár imí uainn ach é. Níl ann ach bodach.'

'Níl, a chroí,' arsa an mháthair. 'Bodach gan meas air féin, a leanbh, agus b'fhéidir nach raibh an ceart agamsa nuair a bhí mé ag tathant ortsa tú féin a cheangal le bastún dá leithéid.' Nuair a chuala mise ag bladar lena chéile mar sin iad, chuir mé díom amach. Ní maith liom suainseán ban.

Caibidil VIII

Pósadh Thaidhg Óig agus Nell Mháire Aindí

Nuair a bhí mé ag dul abhaile ó theach Mháire Aindí tar éis cleamhnas Pheats Teaimí a bhriseadh do Nell, ghabh mé an bóithrín agus cé a bhuailfeadh liom faoin tor ach Tadhg Óg.

'Ní gá duit a bheith ansin,' arsa mise, 'mar ní thiocfaidh sí anocht chugat. Tá siad go mór trína chéile thuas, tá cleamhnas Pheats Teaimí briste. Imigh leat suas. "Is olc an ghaoth nach séideann do dhuine éigin." Ní fheadraís ná go mbeadh fáilte romhat. Tá olc ar Mháire chuig Peats Teaimí.'

Chuir mé díom ansin.

Bhí Mam ar na craobhacha romham. Ba dhóbair di mé a ithe, a dhuine, toisc bheith chomh fada amuigh, ach lig mé di bheith ag cur aisti. Ní inseoinn di cá raibh mé, bíodh gur cheistigh sí go crua mé. Níor fhéad mé, áfach, gan bheith ag gáire, nuair a chuimhnigh mé ar Pheats Teaimí, agus chuir sin an cíocras ar fad ar Mham chun fios scéil a fháil. Ar feadh na hoíche ní fhéadainn staidéar a dhéanamh ar aon cheacht ach mé ag gáire agus Mam do mo cheistiú coitianta. Chuaigh an scéal ó smacht sa deireadh orm agus chuir mé liú mór gáire asam nuair a chuimhnigh mé ar an gcic a bhuail Peats ar an madra. Bhí mo mháthair bhocht á snoí leis an bhfiosracht. Rug sí orm agus chuir sí i mo shuí ar cheann an bhoird mé agus mo chosa ar sileadh. B'éigean dom an scéal go léir a insint, a mhic ó. Bhí sí ag ligean uirthi go raibh olc uirthi chugam ach chonaic mise go maith gur thaitin an scéal léi agus thug mé faoi deara go raibh sí ag gáire chuici féin. I gceann tamaill thug sí úll dom a bhí i bhfolach aici in áit éigin nach raibh a fhios agamsa. Thug mé cuid den úll do Cháit. Ansin chuamar a chodladh, ach ní a chodladh a chuaigh Mam ach suas go teach Mháire Aindí agus is dócha gur ag cadráil a thug siad cuid mhaith den oíche.

Phreab mé as an leaba nuair a chuala mé ag teacht í agus bhí mé leathshlí síos an staighre nuair a tháinig sí isteach.

'Cad a deir Máire Aindí anois le Tadhg Óg, a Mham?' arsa mise.

'Téigh don leaba,' ar sise, 'agus ná bí i do ghealt ansin.'

112

'Á, a Mhamaí, inis dom é,' arsa mise, 'an raibh Tadhg Óg thuas faraibh?'

'Bhí,' ar sise.

'An raibh sé féin agus Máire go mór le chéile?'

'Bhí siad,' ar sise.

'Hurú!' arsa mé féin, agus rith mé isteach go dtí seomra Cháit agus rug mé ar shrón uirthi agus dhúisigh mé í.

'Cad atá ort, arú?' ar sise.

'Píosam, pósam,' arsa mise, 'prátaí rósta, bainne do bhósa is bainne mo bhósa, tá sibh pósta, imígí an bóthar! Hurú! Hí-ú!' arsa mise. Ach chuala mé Mam ag teacht agus b'éigean dom rith.

'Tá tú ait,' arsa Cáit, agus chuir sí osna chodlatach aisti.

Ar maidin nuair a bhí mé ag dul ar scoil bhí Nell Mháire Aindí ar an mbóthar ag bun an bhaile. Ghlaoigh sí orm, agus, a mhic ó, sula raibh a fhios agam faic, rug sí orm agus thug sí fámaire de phóg dom. Ba chuma liom, ach bhí Micilín Eoin díreach ag gabháil anuas an casán agus chonaic sé í. Tháinig olc orm chuici. Piú! Póga! Bíonn cailíní i gcónaí ag pógadh daoine agus chuirfidís déistin ort. Scríob mé an phóg de m'aghaidh le mo mhuinchille agus d'imigh mé. Bhíomar leathshlí ar scoil nuair a chuir mé lámh i mo phóca agus cad a gheobhainn ann ach leathchoróin.

Dhearmad mé an tseanphóg, deirimse leat. Cheannaíomar bosca toitíní ag an Tobar agus bhíomar ag féachaint cé acu againn araon a d'fhéadfadh an ghal a chur amach trína shrón. Bhí Micilín chomh maith liomsa chuige sin. Ansin thugamar tamall eile ag iarraidh an ghal a shlogadh. Bhí Micilín breoite ag an tobac agus tháinig dath glasbhuí air. Nuair a thángamar araon ar scoil fuair an Máistir boladh an tobac uainn ach ní bhfuair sé aon toitín inár bpócaí mar bhí siad go léir caite againn. Fuaireamar léasadh mar sin féin, ach tháinig scanradh ar an Máistir nuair a bhreoigh Micilín tar éis é a bhualadh agus d'fhág sé le hais na tine feadh an lae é.

Nuair a bhíomar amuigh i lár an lae chonaic mé féin an Máistir ag caitheamh toitíní agus é ag bladar leis na cailíní atá ag múineadh sa scoil eile. Bhí siad an-mhór trí chéile i dteach Mháire Aindí gur tháinig lá an phósta. Bhíodh na mná go léir istigh ann gach oíche agus chuala mé Cáit á rá go raibh gúna gleoite ag Nell agus hata istigh i mbosca agus cleite mór bán air. Bhí sceitimíní ar Cháit mar gheall ar na rudaí a bhí aici. Is é rud a bhí ag cur tinnis ar na fir ná 'an lá' a bheadh acu. Ba chuma leosan i dtaobh an hata. Nuair a d'fheicidís mise, bhídís do mo cheistiú mar gheall ar mo thuras go dtí Peats Teaimí. D'fhaighidís an-sult sa scéal, a dhuine. 'Agus cad a dúirt sé ansin, a Jimín?' a deiridís.

D'insínn dóibh agus chuiridís liú gáire astu. Is dóigh liom go raibh Peats ina choilichín paor ag an dúiche. Dúirt siad liom go raibh sé á bhagairt go maródh sé mise, ach dúirt Tadhg Óg go gcosnódh sé féin mé. Fear mór láidir is ea Tadhg.

Bhí rírá mór ar an mbaile maidin an phósta. Bhí a chulaith Dhomhnaigh ar gach éinne ach ar Dhaid. Choinnigh Mam sa bhaile é sin. Tháinig dhá ghluaisteán ón Daingean chun lucht an phósta a bhreith go dtí an séipéal. Chuaigh lucht an bhaile ann ar chóistí agus ar thrucailí. Ní bheadh Nell sásta gan mise a dhul léi ina gluaisteán féin. Bhí sí go deas, a dhuine, agus bhí a súile agus a béal ag gáire. Ní fheadar conas a dhéanann na cailíní iad féin chomh deas? Nuair a chonaic mé chugam í mheas mé go raibh sí chun mé a phógadh arís agus bhí mé ag cúlú uaithi.

'Caithfidh tú teacht liomsa sa ghluaisteán,' ar sise.

'Rachaidh mé, ambaiste!' arsa mise. 'Má thugann tú geallúint dom.'

'Arú, cad é?' ar sise.

'Gan mé a phógadh,' arsa mise.

Gháir gach éinne agus bhí Nell ag gáire leis.

'Ó, táim sásta,' ar sise, 'téanam ort!'

Arú, is breá an rud mótar. Bhain an suíochán preab asam, a dhuine, nuair a shuigh mé anuas de phreab air. Is láidir nár chaith sé in airde san aer mé, bhí sé chomh bog sin. Nuair a shuigh uncail Nell i m'aice bhain an suíochán preab as sin leis, mar d'imigh sé i bhfad síos faoi, gan choinne. 'Ó, dhe, an diabhal mé!' ar seisean, leis féin, agus ansin gháireamar araon.

Ansin bhain an tiománaí casadh as rud éigin i dtosach an ghluaisteáin agus thosaigh glór uafásach éigin istigh i mbolg an mhótair. Mheas mé féin gur tinneas a bhí air. Shuigh an tiománaí isteach agus as go brách linn. Bhí mo chroí i mo bhéal agamsa go ceann tamaill mar mheasainn go rachaimis in airde ar an gclaí, ach ba dhóigh leat go raibh ciall ag an ngluaisteán an tslí a seachnaíodh sé gach aon rud.

Ba mhór an spórt bheith ag

féachaint ar sheanmhná agus asail acu ag baint an chlaí amach nuair a bhraithidís chucu sinn, agus níor lig mise don adharc ar feadh na haimsire ach á séideadh.

Nuair a thángamar go dtí an séipéal bhí a lán de mhuintir an bhaile ann agus chuamar isteach. Chuir an sagart Nell agus Tadhg ar a dhá nglúin agus léigh sé rud éigin as leabhar agus dúirt sé leo rud éigin a rá ina dhiaidh agus dúirt siad, ach is ar éigean a chloisfeá Nell in aon chor. Bhí sí támáilte, tá a fhios agat. Ansin chuir Tadhg fáinne ar a méar agus b'in pósta iad. Ní raibh a thuilleadh ann. Ní fheadarsa cad chuige a mbíonn an gleo go léir i dtaobh pósta in aon chor.

Ansin is ea a d'éirigh an chaint. Bhí gach éinne ag teacht chun na beirte agus ag croitheadh lámh leo agus ag rá, 'Go maire tú a bhfuil nua agat!' agus bhíodh mná ag pógadh Nell gur tháinig olc orm féin chucu agus d'imigh mé ar fud na sráide. Chuaigh siad go léir isteach i dteach óil ansin agus bhí siad ag rince agus ag ól agus ag amhrán. Ag déanamh siar ar an tráthnóna b'ait leat cuid de na fir. Bhídís ag amhrán agus greim lámh acu ar a chéile agus caint gan aon chiall ar siúl acu, agus dá bhfeicfeá na pleidhcí ag iarraidh a chéile a phógadh, agus an pórtar ag titim as an ngloine a bhíodh ina lámha. Chuirfidís muca i gcuimhne duit. Bhí na daoine óga ar fad sa chistin ag rince agus mileoidean ag srannfach agus ag casachtach mar cheol acu.

Tráthnóna d'imigh Nell is Tadhg sa mhótar go dtí an traein agus thug siad mise leo go bun an bhóithrín ag baile. I mo shuí in aice an tiománaí a bhí mé, agus mé ag faire ar gach aon rud a bhíodh sé a dhéanamh. D'fhéach mé tharam siar aon uair amháin agus is amhlaidh a bhí Tadhg ag pógadh Nell, agus níor thug sí aon chlabhta boise dó mar a thug sí an oíche úd sa bhóithrín. Baineadh an-phreab as Nell nuair a chonaic sí mé ag féachaint orthu agus chlúdaigh sí a haghaidh lena dhá lámh agus bhí sí chomh dearg leis an tine.

Bhí cathú orm gur fhéach mé in aon chor.

Nuair a d'imigh siad uaim ag bun an bhóithrín, an riach ná gur tháinig uaigneas orm féin agus bhí mé i riocht goil, a mhic ó, cé go raibh Tadhg tar éis leathchoróin a thabhairt dom. Nuair a chuaigh mé isteach abhaile b'éigean dom an scéal go léir a insint do Cháit. Bhí an-suim aici ann.

Tháinig Nell agus Tadhg abhaile aréir — oíche Mháirt Inide, tá a fhios agat, agus caithfidh gach éinne bheith sa bhaile roimh an gCarghas. Go teach Nell a chuaigh siad agus is ann a bheidh Tadhg feasta a deir Mam, mar tá sé ina chliamhain isteach ag Máire Aindí. D'fhiafraigh mé de Mham an mbeidís sa bhóithrín aon oíche eile ach is amhlaidh a bhuail sí mé agus dúirt — 'an bhfuil do cheacht agat?'

Nuair a bhí mé ag dul ar scoil inniu cé a d'fheicfinn i mo choinne sa bhóthar ach Peats Teaimí. Bhí eagla orm gabháil thairis agus léim mé isteach thar claí. Nuair a d'aithin sé mé bhagair sé a dhorn orm. 'Há, há, má bheirimse ort!' ar seisean.

'Hí-ú!' arsa mise. 'Conas a thaitin do thuras don Sceilg leat?' Tháinig néal air ansin agus chaith sé bollán mór cloiche i mo dhiaidh.

119

Caibidil IX

Mar a chuaigh Jimín ar seachrán farraige

Níor éirigh idir mé féin agus Mam ar feadh i bhfad. Bhí mé i mo bhuachaill maith, tá a fhios agat, nó cheap Mam go raibh mé, agus ba é an dá mhar a chéile é. Nuair a thagainn isteach istoíche deirinn léi gur thuas i dteach Mháire Aindí a bhínn, ag tarraingt uisce agus ag breith móna isteach do Nell. Deireadh mo mháthair go mb'fhearr dom fuireach ar fad acu. Ag magadh fúm a bhíodh sí, thuiginn, ach deirinnse léi nach bhfágfainn mo Mhamaí féin ar éinne. Ar m'anam nach feadar cé acu ag magadh a bhínn féin nó nárbh ea. Is amhlaidh atá an scéal idir mé féin agus Mam: go mbímid mór le chéile uair umá seach agus amhrasach ar a chéile formhór ár saoil agus mise bocht i mbroid is i mórbhrón an chuid eile den aimsir.

Aimsir na broide atá anois tagtha orm. Táim féin is Mam i gcogadh dearg lena chéile. B'fhéidir nach mar sin is ceart dom cur síos air, mar is í sin atá i gcogadh liomsa agus mise ag díol as go cráite agus go dóite. Is mór an tubaiste d'aon bhuachaill bocht a mháthair a chur scaimh an oilc uirthi féin chuige. Níorbh fhiú trí leathphingine do shaol aici, a chroí, nuair a bheadh an faobhar uirthi chugat. Sin é a dúirt Daid, leis.

Tá Mam le seachtain ag gabháil stealladh ormsa agus ní fhéadaim í a shásamh. Tá seacht bhfichid céad buicéad uisce beirthe isteach agam chuici ó thit sí amach liom, agus fiche céad míle milliún gabháil mhóna, agus tá mo chroí is m'ae ag rith ar a chéile agam ón gcos in airde ag dul ar theachtaireachtaí di, ach cad é an mhaith sin? Ní fhaighim tar éis na mbeart ach drochíde. Uair dá raibh gabháil mhóna agam ag teacht, thug mé gabháil mhór liom d'fhonn a buíochas a thuilleamh, ach thit caorán sa doras agus mharaigh sé sicín beag dhá lá agus mharaigh Mam mise.

Ní fhéadaim aon rud a dhéanamh go ceart. Imíonn ainnise éigin ar gach aon ní. Chuir mo mháthair mé ag cabhrú le Cáit chun na gceachtanna.

'A hocht faoi cheathair,' arsa mise.

'A hocht is daichead,' arsa an gligín.

'Léan i do cheann cipín!' arsa mise. (Sin é a deir an Máistir ar scoil linne.

Is maith an bhail air nach bhfuil mo mháthair ar scoil aige.) Nuair a chuala Mam cad a dúirt mé le Cáit, tháinig olc uirthi chugam. Rug sí ar scoth cinn orm agus deirimse leat nár fhág sí aon teaspach orm. 'Múinfidh sin fios do bhéas duit,' arsa Mam agus rop sí síos sa seomra mé.

Tá gach aon rud i mo choinne agus ní haon mhaith dom bheith ag iarraidh buachaill maith a dhéanamh díom féin. Ní ligfear dom bheith go maith. Ní bheadh Mam sásta, ceapaim, gan í a bheith á rá gach aon uair an chloig gur bligeard mé. Bhí mo chroí scólta nuair a cuireadh sa seomra mé. Bhí olc orm chun gach éinne. Rinne mé pictiúr de Mham ar an urlár le smut de chailc a ghoid mé ón Máistir. Ansin rinc mé ar phictiúr Mham agus ba mhór an sásamh do mo chroí é sin. Rinne mé pictiúr ansin de sheanbhád Thaidhg Neilí agus rinc mé mo shásamh uirthi sin, leis. Bhí an ghoimh orm chuici sin mar sin í a tharraing an mí-ádh seo go léir anuas orm.

Mar seo a thit an scéal amach, tá a fhios agat. Ní raibh 'caid' ná liathróid choise agam féin ná ag Micilín Eoin. An seancheann a bhí againn d'imigh sé ina stráicí. Ní raibh ceann nua le fáil gan a deich scillinge agus tar éis bheith ag goid uibheacha ar feadh coicíse ní raibh againn ach a ceathair agus toistiún. Ghoid mé féin na huibheacha ón gcearc a bhí deich lá ar gor ag Beit Mhór! Fuair Micilín dhá scilling orthu i siopa an Tobair. Mheall mé réal a bhí ag Cáit uaithi. Bhí Cáit ag gol, ach bhagair mé uirthi go n-inseoinn do Mham cé a dhoirt an beiste bainne go raibh an murdar ina thaobh cúpla lá roimhe sin. D'éist Cáit ambaiste!

Nuair nárbh fhéidir linn dul thar an gceathair is toistiún b'éigean dúinn slí eile a tharraingt chugainn. Bhíomar i bhfad ag cuimhneamh agus ag smaoineamh agus is é rud a bheartaíomar sa deireadh a dhéanamh ná gliomaigh a ghoid agus a dhíol, agus cheapamar maidin Domhnaigh chuige sin. Bhí a lán cogarnaí ar siúl ag beirt againn. Bhí sé socair againn nach dtógfaimis ach ceithre cinn de ghliomaigh nó b'fhéidir cúig cinn. Ní rachaimis thar chúig cinn. Chuirfimis i gcliabh iad agus feamainn timpeall orthu agus thabharfaimis don Daingean ar shlí éigin iad. Bheadh an 'chaid' ag teacht abhaile againn. Ní ligfimis d'aon duine eile barr bróige a bhualadh uirthi sin — ach Cáit, b'fhéidir. Bheinnse is Micilín inár máistrí ar an gcaid. Bheadh sí oíche agamsa agus an dara hoíche ag Micilín. Ní bheadh cead ag éinne againn an lamhnán a bhaint amach aisti chun a bheith á shéideadh.

Istoíche Dé Sathairn thógamar an dá mhaide rámha ó bhinn theach Thaidhg Neilí agus chuireamar i bhfolach i ndíog sceach iad. Bhí an bád ar snámh i gCuas na Báistí agus bhí a fhios againn go mbeadh sí ann ar maidin. Nuair a bhí gach éinne ag dul chun an Aifrinn lá arna mhárach ghluaiseamarna leo chomh fada le Páirc an Leasa. D'éalaíomar isteach sa lios ansin agus scaoileamar na daoine go léir tharainn. Nuair a bhí siad gafa tharainn, chuamar ón lios go dtí an bád ag éalú cois claíocha. Rugamar na maidí linn agus chuamar sa bhád. Seanphota salach is ea í a bhíonn aige ag baint iascán, agus bíonn boladh lofa istigh inti.

Bhí an ghaoth ón talamh agus bhogamar linn soir le hais na gcloch san fhothain. Bhuail corc linn agus rugamar air agus bhíomar ag tarraingt agus ár dteanga amuigh againn gur tháinig an pota gliomach aníos go dtí taobh an bháid. Ní raibh faic ann. Ní haon mhisneach a chuir sin orainn, dar fia! Thángamar go dtí pota eile. Portán dearg a bhí ansin agus a dhá chrúb ar leathadh ag iarraidh breith orainn. Scaoileamar uainn an pota. Níor fhan aon mhisneach mór ansin againn agus dúirt Micilín nach bhfaighimis gliomach an lá sin i dtaobh nach rabhamar ar aon Aifreann. Dúirt mise leis paidir a rá agus bhí leath 'Ár nAthair atá ar Neamh' ráite aige nuair a chuimhnigh sé gur ag goid gliomach a bhíomar agus tháinig stad ann. Níor mhaith leis, an dtuigeann tú, a iarraidh ar Dhia cabhrú leis chuige sin.

Thángamar go dtí an tríú pota agus, ambaiste, bhí fámaire de ghliomach ann. Nuair a chuireamar ar thóin an bháid é, bhí gach aon chnag aige lena eireaball. Chuardaíomar cúig potaí eile agus bhí trí gliomaigh againn, ach, más ea, bhíomar i bhfad soir agus sinn ag druidim amach go dtí Gob an Ghéaráin. Ní rómhaith is cuimhin liom cad a thit amach nuair a thángamar go dtí an Gob. Bhí an fharraige an-suaite ann díreach taobh amuigh de agus nuair a tháinig an scanradh orainn agus chasamar chun teacht isteach, rug an ghaoth ón talamh, agus an taoide, ar an mbád agus rugadh amach faoin bhfarraige mhór sinn. De réir mar a bhíomar ag dul amach is ea ba threise a bhí an ghaoth agus is ea ba mhó a bhí an scanradh ag teacht inár gcroí. Chrom Micilín ar bhéicíl agus ar ghlaoch ar a mháthair agus ansin tháinig dath glasliath air agus chrom sé ar urlacan. Chaith mé féin, is cuimhin liom, na trí gliomaigh i bhfarraige féachaint an gcuirfeadh sin fearg Dé dínn. Ach níor chuir.

Amach a bhíomar ag imeacht i gcónaí agus ón bhfuadar a bhí fúinn mheas mé féin nach fada na laethanta a bhainfeadh sé dínn dul go Meiriceá.

126

Uaireanta d'éiríodh buile orm agus bhínn go cráite agus bhuailinn tochta an báid le mo dhorn agus bhuailinn Micilín agus deirinn leis breith ar an maide. Ach théadh an rámhaíocht inár gcoinne mar bhí an fharraige rógharbh agus leagadh an maide ar ár gcúl anuas den tochta sinn. Ansin thugainn tamall ag gol, agus b'in é an gol croíbhriste. Chuimhnínn ar Mham agus ar Dhaid agus ar Cháit, agus ghlaoinn ar Mham chun teacht agus a buachaillín féin a shaoradh.

Agus deirinn léi go bhféadfadh sí mé a bhualadh go mbeadh sí sásta agus go mbeinn i mo bhuachaill maith gach aon uair eile, go deo agus go brách. Ansin dhúisíodh Micilín agus deireadh sé liom paidir a rá agus théimis ar ár nglúine gach taobh den tochta agus deirimis 'Ár nAthair atá ar Neamh,' agus d'iarraimis ar Dhia agus ar Mhuire agus ar Phádraig agus ar na naoimh go léir teacht i gcabhair dúinn. Bhí a fhios againn nach raibh Dia rómhór linn toisc a raibh de shladaíocht déanta againn ag iarraidh an chaid a cheannach, ach mheasamar go mbogfadh an dream eile A chroí má bhí Sé in earraid linn. Gheallamar go prionsabálta nach ngoidfimis uibheacha goir ná gliomach fad a mhairfimis beo.

Thuigeamar go mbogfadh sin aon Dia a d'fheicfeadh an vair sin sinn ar ár nglúine agus greim ar thochta báid againn agus an bád á chaitheamh síos suas, soir siar, ag an riach farraige nach bhfanfadh socair. Ní róchruinn atá na rudaí sin i m'aigne in aon chor. Is geal i mo chuimhne iad leis an tromluí a bhí orm bliain ó shin nuair a cheap mé go raibh tarbh mór Mhicí Thomáis i mo dhiaidh an cnoc anuas.

Tháinig codladh nó mairbhití éigin orm faoi dheireadh, agus is é an chéad rud eile is cuimhin liom i dtaobh an bháid ná Tadhg Óg a bheith do

mo chroitheadh, agus nuair a dhúisigh mé thug mé faoi deara go raibh cúig cinn de naomhóga timpeall orainn agus greim ag naomhóg acu ar an mbád. Bhí Mam inti sin. Gheal mo chroí nuair a chuir Tadhg isteach sa naomhóg mé agus chonaic mé í. Ní fhéadfainn focal a rá léi ach cromadh ar ghol. Ní raibh aon fhocal as Mam, ach thóg sí ina hucht mé agus d'fháisc sí isteach léi mé agus chuir sí a brat i mo thimpeall. Bhraith

mé uirthi go raibh tocht uirthi ach ní tocht é a

chuir aon eagla orm roimpi agus thit mo chodladh

orm agus níor dhúisigh mé go raibh mé istigh sa

bhaile.

Ullmhaíodh dabhach mhór d'uisce te agus

cuireadh síos ann mé agus tugadh deochanna

teo dom agus casadh i bhflainíní mé agus baineadh

allas asam agus ní ligfí dom dul as an leaba go ceann

dhá lá. Bhíothas do mo photbhiathú an fad sin, ach nuair a d'éirigh mé agus

gur bhraith siad nár bhaol dom — sin é an uair a fuair Jimín an rud a bhí ag

teacht chuige. Níor bhuail sí in aon chor an uair sin mé, ach b'fhearr liom go

mór an bualadh ná an tslí a mbíonn sí ag féachaint orm. Níor gháir sí chugam

le seachtain, ná ní dúirt sí 'maith an buachaill' liom.

Is dócha gur drochshaghas mé agus gur bligeard mé — sin é an t-ainm a

thug sí orm an lá a d'éirigh mé — ach más bligeard mé dar ndóigh ní mise

faoi deara é. Bím ar mo dhícheall ag iarraidh a bheith go maith ach teipeann

orm. Táim gan aon locht le seachtain, agus féach, ní dhéanfadh Mam gáire ná

bladar liom. Cad a dhéanfaidh mé in aon chor má fhanann sí mar seo. Beidh mo chroí briste. Tá sí ródhian ar fad ar bhuachaill bocht.

Tá a fhios agamsa cad a dhéanfaidh mé léi. Imeoidh mé uaithi. Éalóidh mé amach an doras agus suas an cnoc — suas, suas, suas i measc na n-aillte agus rachaidh mé isteach i bpluais ann agus beidh mé go brónach agus go huaigneach agus tiocfaidh Mam do mo lorg agus beidh sí ag glaoch orm agus ní thabharfaidh mé aon fhreagra uirthi agus imeoidh sí go brónach ag gol agus í ag lorg Jimín bhig mhaith. Agus beidh mé gach aon oíche ag féachaint síos ar an solas inár bhfuinneogna agus beidh a fhios agam go mbeidh Mam ag gol in aice na tine nó ina seasamh sa doras féachaint an mbeinnse ag teacht, ach fanfaidh mise sa phluais ar an gcnoc agus mo chroí lán de bhrón agus beidh an bás ag teacht chugam gach aon lá agus ansin tógfaidh mé amach an smut cailce seo i mo phóca agus scríobhfaidh mé ar thaobh na leice a bheidh i m'aice:

> 'Is iad seo cnámha Jimín a fuair bás
> san áit seo agus a chroí briste
> toisc nach labhródh Mam leis.'

Agus tar éis bliana gheobhaidh siad mo chnámha agus tabharfaidh siad abhaile iad go dtí Mam agus beidh Mam ag gol agus ag bualadh a bos agus déarfaidh sí: 'Ó, mhuise! Cad ina thaobh nár labhair mé le mo Jimín beag féin agus gan a chroí a bhriseadh? Ochón! Ochón!' Sin é an tslí chun sásamh a bheith agam as Mam. B'fhéidir ansin go mbeadh cathú uirthi agus go mb'fhearr léi go mbeadh sí go deas le Jimín bocht.

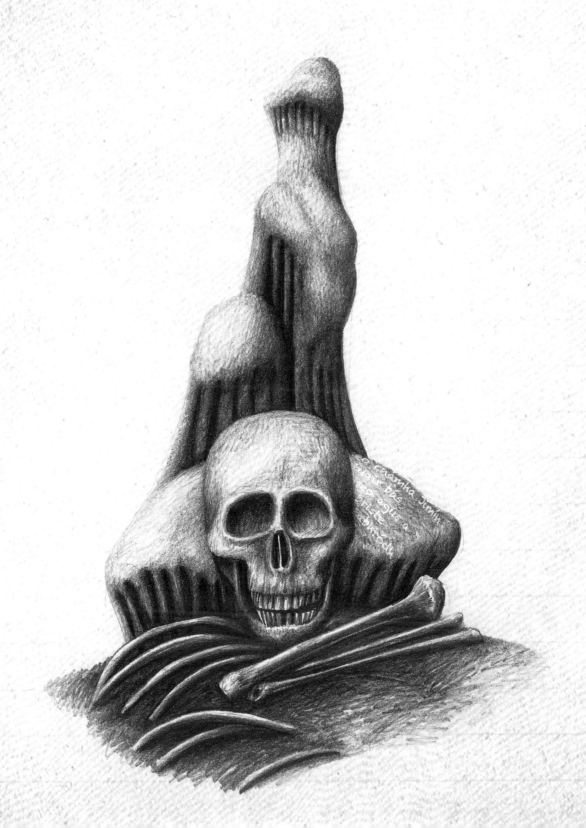

Caibidil X

Mar a chuir Jimín spiaire i dteannta

Fuspar i leith, ná hinis d'éinne dár rugadh é. Táimse i mo shaighdiúir. Ar m'anam nach bhfuil aon bhréag ann. In arm na hÉireann atáim agus mé ag foghlaim na saighdiúireachta go tiubh. Bím ag iompú deiseal agus ag iompú clé agus ag iompú ar ais agus ag bualadh mo shál lena chéile. Tadhg Óg a mhúin na focail ordaithe dom. Is é Tadhg an captaen atá anseo ar na buachaillí móra, tá a fhios agat. Sin é a rinne saighdiúir díomsa agus a thaispeáin dom conas geáitsí an tsaighdiúra a dhéanamh. Ach ní fhaighim aon bhlas orthu gan na bróga a bheith orm, mar nach ndéanann mo chosa aon ghlór, tá a fhios agat. Bhain Mam na bróga díom oíche nuair a rug sí orm i dteach an bhainne agus iad orm agus mé ag máirseáil timpeall agus ag iompú agus ag casadh agus ag cnagadh mo shál. Bhí mé ag bualadh mo chos fúm go breá láidir. 'Ar deis!' arsa mise liom féin faoi mar a chuala mé Tadhg Óg á rá leis na buachaillí.

'Deas agus clé, a bhearránaigh,' arsa Mam ag teacht an doras isteach chugam agus do mo bhualadh le dhá chlabhta, deas agus clé. Ansin rug sí orm agus bhí sí do mo chroitheadh gur thit na bróga díom. Ní raibh siad fáiscthe in aon chor, tá a fhios agat, agus ní raibh aon stoca orm.

Is olc an sás mo mháthair chun misneach a chur ar éinne a bheith ina shaighdiúir ar son na hÉireann — is olc sin, agus tá na seanmhná go léir mar sin, mar nuair a bhíonn siad bailithe timpeall na tine sna tithe, ní théann aon lagadh orthu ach ag cáineadh na ndaoine atá ag cur isteach ar an ngobhairmint 'atá chomh láidir, a chroí,' agus 'b'fhéidir gurb amhlaidh a stopfaí an pinsean uathu féin,' agus 'nach bhfuil aon seans go deo go mbogfadh an Sasanach a ghreim in Éirinn.' Sin é saghas cainte a bhíonn acu sin. Ach b'fhearr scaoileadh leo — níl fios a mhalairte ag na rudaí bochta. Tá siad dall, mo ghraidhin iad!

Nuair nach raibh aon duine de mo chomhaois i mo theannta d'iarr mé ar Thadhg Óg cead a thabhairt do Mhicilín Eoin, leis, bheith ina shaighdiúir. Thug, agus is é gnó a thug sé don bheirt againn bheith ag faire agus ag éisteacht, agus ag breith eolais chuige féin i dtaobh éinne a bheadh ar tí na mbuachaillí san áit. Ghearán mé na seanmhná ar fad leis ach is amhlaidh a gháir sé faoin méid sin. Spiairí agus daoine a bheadh ag breith scéalta chun na naimhde — eolas orthu sin a bhí uaidh, a dúirt sé.

As sin amach ní raibh stad le Micilín ná liom féin ach ag cuardach do spiairí. Bhímis laistigh de na claíocha istoíche ag éisteacht le gach éinne a ghabhadh an bóthar. Chualamar Tadhg Mór á rá lena bhean, agus iad araon i dteannta a chéile ag teacht ón Daingean, go raibh 'gob chun cainte uirthi'. Dúirt sí sin nár mhór di faobhar a chur uirthi féin mar go raibh smíste amadáin d'fhear aici. Chonaiceamar Flúirsín ag imeacht, oíche eile, le cliabh móna as cruach Bheit Móire, ach thit an t-anam as, nach mór, nuair a bhéiceamar air é a chur ar ais. Chuir — go tapa.

D'éalaíomar oíche eile trasna dhá pháirc chun teacht ar chúl Thomáisín Neilí agus Mháirín Dhonncha a bhí ag cadráil lena chéile ag lúb an bhóthair. Dar fia, ní raibh aon rud le héifeacht á rá acu, ach caint gan chiall! Chaitheamar scraithín leo agus d'imíomar. Ar an tslí sin fuaireamar fios discréideach ar gach aon rud a bhí ar siúl sa pharóiste agus is mór na rudaí a bhí ar siúl ann gan fhios, faoi chlúid na hoíche. Tar éis ár ndíchill, áfach, ní bhfuaireamar aon spiaire sa pharóiste, agus b'orainn a bhí an míshásamh.

Nuair a theip muintir an pharóiste orainn cheapamar go mb'fhéidir go mbuailfeadh seans éigin linn dá bhfairfimis strainséirí a bhíodh ag teacht is ag imeacht. Bacaigh is mó a thagadh, agus a gcuid ban. Is mó uair an chloig a thugaimis á bhfaire agus ár gcroí go cráite toisc gur daoine macánta iad go léir. Tháinig fear ón Daingean lá agus cosa cama faoi agus asal aige, ach

níorbh iad Éire ná Sasana a bhí ag cur tinnis air sin. Tháinig fear eile ar leathchois go raibh dhá mhaide croise aige. Ní chreidfeadh Micilín nár spiaire é i gcló bacaigh agus d'fhaireamar é féachaint an gcuirfeadh sé an dara cos faoi, ach níor chuir.

Ansin thug tincéir fiarshúileach rua turas ar an mbaile, agus a bhean agus scata mór de thincéirí beaga fairis. Chuardaigh siad gach aon teach ar feadh an lae agus tráthnóna d'imigh siad soir go dtí an crosaire — iad féin agus asal agus cairt a bhí acu — agus chuir siad fúthu ann i gcomhair na hoíche. Bhí drochfhuadar fúthu, dar linn, agus iad a fhanacht ansin. Bheartaigh an bheirt againn éalú amach tar éis ár muintire a dhul a chodladh chun an tincéir agus a bhean a fhaire.

Amach tríd an bhfuinneog a chuaigh mé féin le smut de théadán a bhí ceangailte agam de chos na leapa. (Is minic a chuaigh mé amach mar sin gan fhios do Mham, tá a fhios agat.) Bhuail Micilín liom sa bhuaile agus chuaigh an bheirt againn soir trí na páirceanna go dtí an chrois. Bhí na tincéirí fós ann agus tine ar lasadh acu agus rud éigin acu á róstadh. Fuair mé amach ó shin gurbh é bardal Mháire Aindí a bhí acu. Nuair a bhí sé rósta d'ith siad láithreach é agus thug siad na cnámha do na leanaí beaga le cogaint. Bhí siad go léir ag dul a chodladh ansin ach an t-athair. Rug sé sin an t-asal leis agus chuir sé isteach i móinéar Pheats Teaimí é agus in ionad dul a chodladh i dteannta na coda eile is amhlaidh a thug sé aghaidh siar ar na tithe arís. Bhain sin preab asainn agus beirt againn i ndíog ag faire air.

'D'anam don riach, a Mhicilín,' arsa mise, 'spiaire!'

Chloisfeá croí Mhicilín ag bualadh agus a anáil á baint de. Siúd linn ina dhiaidh ag éalú.

Nuair a tháinig an tincéir in aice theach Mháire Aindí chuaigh sé ar éalú cois an chlaí agus é ag stad agus cluas air gach re nóiméad. Bhí adharc bheag den ghealach ann an oíche sin.

'Ag spiaireacht ar Thadhg Óg atá sé,' arsa mise i gcogar le Micilín, nuair a chonaic mé an bithiúnach ag dul isteach i measc na dtithe i mbuaile

Mháire Aindí. Bhí mo chroí féin i mo bhéal agus allas orm agus mo lámha ar

crith agus nach feadar cad a dhéanfainn. Ba mheasa Micilín ná mé féin agus

bhí aghaidh bhán air. Chonaic mé an tincéir agus é ar a chromadh ag éalú ó

theach go teach sa bhuaile agus rud éigin ina bhaclainn aige.

Dúirt mé le Micilín ansin rith leis go ciúin agus cuid de chomrádaithe

Thaidhg Óig a mhúscailt agus a bhreith leis chun go mbéarfaidís ar an spiaire.

Siúd le Micilín agus d'imigh mé féin ag lámhacán laistiar den teach gur

tháinig mé go dtí an seomra mar a mbíonn Tadhg ina chodladh. Bhí tairne

i mo phóca agus chrom mé ar an ngloine a scríobadh leis agus ní fada gur

tháinig Nell chugam. Bhagair mé uirthi a béal a éisteacht. D'oscail sí an

fhuinneog go ciúin agus dúirt mé léi ansin Tadhg a mhúscailt go grod agus é

a chur amach chugam. Mheas mé nach mbeadh Tadhg múscailte go deo aici,

ach tháinig sé go dtí an fhuinneog sa deireadh.

'Tar i mo dhiaidh,' arsa mise, 'tá spiaire agam,' agus siúd liom ag lámhacán

arís go dtí cúinne an tí. Nuair a tháinig mé ansin stad mé, mar fuair mé

radharc ar mo bhearránach arís ag éalú i measc na dtithe agus a hata anuas

ar a shúile aige ag féachaint gach re coiscéim ar an teach cónaithe agus

rud éigin mór ina bhaclainn.

Chuaigh sé go ciúin go doras theach an bhainne agus bhain an lúb den doras agus d'éalaigh isteach agus dhruid an doras amach ina dhiaidh. Phreab mé féin anonn agus chuir mé an lúb arís ar an doras ón taobh amuigh.

'Is ea, a bhuachaill, ceap do shuaimhneas ansin duit féin,' arsa mise.

Lena linn sin tháinig Tadhg Óg, agus chonaic mé chugam anuas Micilín agus ceathrar de na buachaillí agus gan a gcuid éadaigh i gceart ar éinne acu.

Chrom mé láithreach ar a chur in iúl dóibh go raibh spiaire faoi ghlas agam i dteach an bhainne, go rabhamar ar feadh na hoíche ar a thóir agus go gcaithfí é a lámhach nó é a chrochadh. Ní raibh gíog as an mbearránach a bhí faoi ghlas. Is dócha go raibh sé ag breith chuige, an fear bocht! Chrom siad sin do mo cheistiúsa agus gearranáil orthu leis an bpreab a bhain an scéal astu, agus leis an iontas, agus iad go léir ag caint os íseal. Bhí mé féin agus Micilín ag iarraidh an scéal a chur i dtuiscint dóibh agus gearranáil orainne, leis, agus bhíomar i bhfad sular fhéadamar brí an scéil a chur ina luí orthu.

I lár na cainte istigh, cad a bhraithfimis chugainn i leith an bóthar ach trucail mhór ghluaisteáin agus solas mór, geal, ar a thosach. Stadamar le hiontas ag féachaint air agus gan aon fhocal asainn. Bhí sé ag gluaiseacht gur tháinig sé go bun an bhaile. Ansin stad sé agus léim gasra mór fear amach — saighdiúirí agus póilíní!

Chonaiceamar ag teacht aníos iad go léir faoi dhéin theach Mháire

Aindí.

'Drochfhuadar!' arsa Tadhg Óg. 'Ní fearr bheith anseo ná thuas i mbóthar an chnoic.'

D'éalaíomar linn suas gan iad ár bhfeiceáil agus nuair a stad siad sin ag an teach, stadamarna ag féachaint síos orthu.

Chuardaigh siad an teach ar lorg Thaidhg, ach ní raibh aon Tadhg ann dóibh. Nuair nach raibh sé le fáil istigh acu, seo leo ag cuardach na dtithe amuigh. Nuair a chuaigh siad i dteach an bhainne agus bhuail an tincéir leo bhí gleo mór agus glaonna ar siúl acu agus caint mhór láidir ag an tincéir. Ní chreidfidís nárbh é Tadhg Óg a bhí acu. D'ardaigh siad leo é agus na ceangail air.

Nuair a thángamarna anuas chun na dtithe arís bhí an baile go léir ina suí agus gach teach acu ar lorg a dhuine féin. Bhí Máire Aindí ag dul i bhfanntaisí agus bhí Nell ag gol agus Tadhg á cur ar a suaimhneas. Níl aon réasún le mná!

Chuaigh Tadhg go teach an bhainne ar maidin agus fuair sé mála an tincéara ann agus trí cinn déag de chearca Mháire Aindí istigh ann marbh. Nuair a d'inis sé domsa é thuig mé an scéal. Bhí déistin orm.

141

Caibidil XI

Jimín is an mheitheal ag baint na móna

Tá cloig ar mo lámha agus mé buí ón ngrian agus an craiceann dóite ag imeacht de mo shrón mar a bheadh craiceann práta a bheadh róbheirithe. Agus tá mo chnámha chomh tinn sin nach maith liom cor a chur díom. Ar mheitheal na móna a d'imigh sé seo ar fad orm. Dar muige, má tá gach éinne a bhí ar an meitheal chomh tuirseach agus atáimse — ní foláir nó tá siad ag mallachtú an té a cheap móin ar dtús. Léan air, nár cheap slí éigin eile chun tine a dhéanamh.

Againne a bhí an mheitheal, agus coimeádadh mise sa bhaile ón scoil chun an t-asal a thiomáint go dtí an portach leis an mbia. Ar feadh trí lá roimh lá na móna bhíomar ag ullmhú. Bhí Mam ag déanamh cístí aráin, agus choinnigh sí ceithre puint ime ar leithligh agus chuir sí mise go teach Bheit Móire agus Mháire Aindí chun an crúsca mór cré a fháil ó Bheit agus crúsca mór stáin ó Mháire. Bhí glór breá ag an gceann stáin nuair a bhí mé á bhualadh le smut de mhaide, agus leis an nglór níor chuala mé Mam á rá liom stad gur tháinig sí ar mo chúl agus thug sí failp sa chluas dom.

Mise a cuireadh, leis, ar fud an bhaile ar lorg sleánta. Thug mé Micilín Eoin liom agus níor fhágamar aon teach i ngiorracht míle dúinn nár lorgamar sleán ann do Mham. B'in tar éis scéal an cheaintín, tá a fhios agat, agus bhí mé beartaithe mo dhícheall a dhéanamh ag soláthar sleánta di chun í a shásamh. Fuaireamar naoi gcinn acu di.

Ba é ár ndícheall iad a iompar abhaile. Bhí ár dteanga amuigh againn agus bhíodh sleán ag titim uainn anois is arís. Ach níorbh aon tábhacht é sin seachas Mam nuair a chonaic sí an t-ualach sleánta an bhuaile aníos chuici. Mheas mé go dtarraingeodh sí an baile orm leis an néal a bhí uirthi. Thug sí 'amadáinín' is fiche orm. B'in é mo bhuíochas tar éis mo dhíchill. Tá Mam gan aon réasún agus is dócha gurb é sin faoi deara domsa bheith i m'amadáinín.

(I dtaobh na sleánta sin, tá achrann mór ar siúl. Níor chuimhin liomsa cad é an teach go bhfuair mé aon cheann acu agus nuair a cuireadh abhaile iad ní raibh a cheann féin ag éinne. Ní raibh aon leigheas agamsa air sin, ach éinne a dhéanadh gearán nárbh é a shleán féin a cuireadh abhaile chuige – mise a dhíoladh as. Léan orthu mar shleánta!)

Ar maidin is é an chéad rud a chuala mé ná mo mháthair ag glaoch go hard is go géar ar Dhaid. Dúirt sí go raibh an mhaidin caite. Cheap mé, ambaiste, ón gcaint a bhí aici, go raibh sé tar éis a deich nó mar sin. Phreab mé síos don chistin ach ní raibh sé ach leathuair tar éis a cúig! Thiomáin sí Daid ag iarraidh an chapaill agus mé féin ag iarraidh na mbó. Bhí an citeal beirithe nuair a tháinig mé, agus bhí cuid de mhuintir an bhaile ag teacht. Tháinig Tadhg Óg, leis. Bhí pící acu ar fad. Cheangail m'athair na pící ar fad agus trí sleánta trasna ar sháilíní na cairte agus chuir sé beart d'fhéar glas as an móinéar isteach inti. D'ith siad go léir bricfeasta – ní raibh slí timpeall an bhoird in aon chor dóibh. Gabhadh an capall ansin agus as go brách leo agus iad caite i dtoll a chéile sa chairt agus na pící agus na sleánta ag gliogarnach.

Nuair a bhí siad imithe chuir Mam faobhar uirthi féin. B'éigean dom cliabh a fháil di agus féar. Chuir sí crúsca mór cré Bheit Móire síos sa chliabh agus féar faoi agus timpeall air. Bhí sé lán go smig de phórtar. Bhlais mé é, tá a fhios agat, nuair a bhí Mam ag iarraidh an ime. Bhí blas gránna air agus scaoil mé as mo bhéal isteach sa tine é.

Chuir mo Mham an citeal isteach i mbosca, agus stán an ghleo Mháire Aindí agus é lán de leamhnacht, agus an t-im agus sceana agus cúpla spúnóg agus ocht gcinn de sháspain, agus punt de thae agus ladhar siúcra, agus thug sí dom ocht n-unsaí tobac do na fir a bhí sa mheitheal. Chuir sí an t-arán go léir i mála agus bhuail isteach sa trucail é.

'Is ea, anois,' ar sise, 'ná bíodh sé den riach ort aon rud a chailleadh ar an mbóthar, agus ná caith an lá ar an mbóthar nó maróidh na fir thú. Is ea, suigh isteach anois.'

Shuigh mé. Bhuail mé flíp ar an asal. Thug sé léim, agus, ar m'anam, siúd le mo chuid sáspan amach ar an mbóthar. Chuaigh an t-asal i bhfad sular fhéad mé é a stopadh. Sin cleas aige. Bheadh sé ag imeacht leis agus tusa ag tarraingt air agus lúb ina mhuineál aige agus a phus chomh fada siar lena eireaball aige leis an straidhn agus ní stadfadh Éire é go mbuailfeadh sé i gcoinne claí nó rud éigin. Níorbh aon mhaith 'bhaoi' a rá leis.

Tháinig Mam suas liom leis na sáspain agus dúirt sí liom go raibh a fhios aici go maith go gcaillfinn na sáspain. Sin é a deir sí le gach rud — go raibh a fhios aici féin go maith é. Tá Mam an-smeairteálta.

B'áil le Dia gur bhain mé amach an portach gan aon óspairt eile. Nuair a tháinig mé ann bhí siad ag gabháil dom i dtaobh a bheith fada ag teacht. Ní

raibh mé fada ag teacht, ach is amhlaidh a bhí an iomad den dúil acu féin sa rud dubh a bhí sa phróca mór cré. Ní túisce a bhí mé tagtha ná thóg siad as an gcliabh é agus fuair gach duine acu taoscán sáspain de, ach Tadhg Óg. Ní ólfadh Tadhg Óg in aon chor é. Dúirt siad go léir gurbh olc an rud, leis, bheith ag ól agus go mbeadh daoine chomh maith gan é a bhacadh, agus ghuigh siad go bhfágfadh Dia Tadhg i bhfad gan dúil san ól aige, agus ansin chuiridís féin an sáspan pórtair ar a gceann arís agus d'ólaidís go dríodar é.

Thug mé faoi deara na daoine is mó a d'ól an pórtar go mbrisidís a lán de na fóid. Bhris Daid cuid mhaith fód. Bhí Tadhg Óg ar an sleán an lá go léir agus ceathrar ag píceáil ina dhiaidh agus iad ag caitheamh na bhfód ó dhuine go duine.

Mise ba chócaire. Bhailigh mé cipíní giúise agus caoráin thirime agus d'adaigh mé tine i lár an phortaigh. Líon mé an citeal as poll uisce a bhí in aice liom ach is láidir nár mharaigh siad mé mar gheall air. B'éigean dom é a chaitheamh as arís agus dul go dtí sruthán i bhfad suas chun uisce a fháil.

Dúirt siad liom an ceaintín bainne a chur síos i bpoll móna chun nach ngéaródh sé leis an teas. Rug mé ar eascann mhór fhada a bhí sa pholl agus ar cheann de na froganna a bhí, leis, ann. Bhí an frog i mo phóca agam agus nuair a bhí Tadhg Mór ag ól sáspan pórtair chuir mé an frog isteach ann gan

148

fhios dó. Á mheas a bhí mé go slogfadh sé an frog mar ba mhaith liom Tadhg a fheiceáil nuair a bheadh an frog ag léimneach istigh ann. Ach nuair a chuir sé an sáspan ar a cheann tháinig an frog aníos chuige agus chuir Tadhg béic as agus chaith sé uaidh an sáspan.

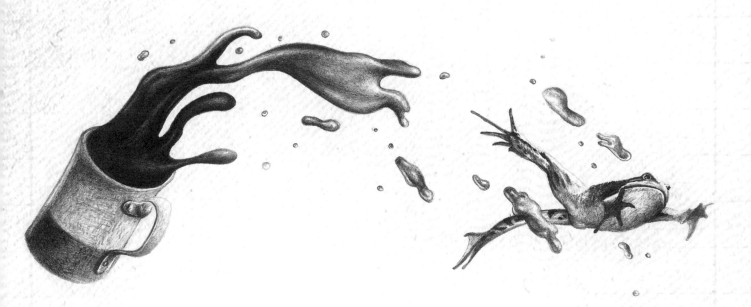

Chaith sé amhras láithreach ar Dhonnaichín Eoin — gurbh é a chuir an frog chuige — agus bhí sé chun é a shá le píce mura mbeadh gur rug Tadhg Óg air. Bhí aighneas mór ar feadh tamaill ann mar bhí néal buile ar Thadhg Mór agus ní éistfeadh sé le haon réasún go ceann i bhfad. Bhí mé féin ag breith chugam, ambaiste, agus d'imigh an frog de léim den phort síos i bpoll eile. I gceann tamaill chrom siad go léir ar obair arís agus gan focal astu, ach anois is arís bhriseadh a gháire amach ar dhuine éigin agus bhídís ag sciotaráil chucu féin. Bhí Tadhg Mór an-dúr an chuid eile den lá.

Níor mhór dom féin dul ag píceáil. Bhí sé deas go leor ar feadh tamaill, ach ansin chuaigh na fóid i dtroime, mheas mé, agus tháinig teas ar mo bhoisíní agus d'imigh an spórt as an scéal dom. Ní fhéadfainn stad, mar bhí na fóid ag teacht róthiubh orm agus ceanglaíodh cuid acu ar an bpíce agus ní mór ná go leagaidís mé. Bhí mé cráite scólta acu agus mo dhá dhearna ar lasadh, agus gan faoiseamh le fáil ach na fóid mhí-áidh á gcaitheamh ar fud na gcos agam. Ba é toil Dé gur chuimhnigh Tadhg Óg ar an gciteal.

'A Jimín,' ar seisean, 'féach an bhfuil an t-uisce beirithe.' Ba mhór an fhuascailt í. D'imigh mé agus is é an chéad rud a rinne mé mo dhá lámh a chur síos faoi uisce i bpoll móna. Ba bhreá an fionnuarú é. Ní bhfuair mé a leithéid de shásamh as aon rud riamh.

Sa chiteal a rinneadh an tae. Caitheadh tae agus bainne agus siúcra isteach ann i dteannta a chéile. Níor bhlais mé riamh aon tae chomh deas leis. Gearradh an t-arán go ramhar agus cuireadh an t-im go ramhar anuas air agus sinn suite ar bhloic ghiúise agus ar fhóid mhóna ag ithe agus na fir ar fad ag caint i dtaobh laethanta móna agus gaisce le sleán. Bhí siad ag cur barrfhód agus bunfhód agus méithmhóin agus spairt trína chéile, ach ní ag éisteacht leo a bhí mise ach ag iarraidh gal a chaitheamh as píopa Thaidhg Óig gan fhios do m'athair.

Rinneamar tae arís tráthnóna timpeall a cúig a chlog agus d'ól siad an chuid deiridh den phórtar an uair sin, leis. Shlog siad an braon deireanach de, mar ní raibh deoir ann nuair a chuaigh mise ag lorg na heascainne a chuir mé isteach ann ar maidin. Ní fheadar ón talamh cad é an chríoch a d'imigh ar an eascann bhocht. Bhí sórt uaignis orm nuair nach bhfuair mé a tuairisc ó éinne. Ní fheadar cá bhfuil sí anois.

Bhailigh mé le chéile mo chuid giuirléidí ar fad tar éis aimsir an tae agus rug mé ar an asal agus bhí mé ag cur díom abhaile agus mé ag amhrán. Thug mé lán an chléibh de ghiúis thirim go dtí Mam agus thug mé earc luachra liom istigh i bpáipéar go dtí Cáit. Dúirt Mam 'maith an buachaill,' ach nuair a thairg mé an t-earc luachra beag do Cháit, scréach sí. Bíonn na cailíní an-ait. Dúirt sí an 'sníomhaí snámhaí' ruda sin a chaitheamh as a radharc. Fan go mbéarfaidh mise aon rud arís chuici.

Caibidil XII

Púca Bheit Móire ar thóir Jimín

An cuimhin leat Beit Mhór go raibh mé ag eachtraí go minic uirthi — í siúd a bhí inár dteachna an oíche a fuarthas mise san fheamainn agus nár réitigh na mná eile le Máire Aindí i dtaobh cé acu le Mam nó le Daid ba dhealraithí mé. Bhuel, ní dhéanfaidh sí spior spear d'aon scéal eile. Tá a gnó déanta. Tá sí marbh!

Ní fheadar den saol cad a mharaigh í. Mheas mé go raibh sí chomh láidir le capall. Bhí, leis, agus nuair a shuíodh sí isteach i gcairt an asail bhíodh lán na cairte inti, a dhuine. Ní foláir nó is láidir an duine an bás agus tabhairt in aon chor faoina leithéid.

Níor chuimhnigh mé riamh i gceart ar an mbás gur leagadh Beit Mhór leis. Ambaiste, a mhic ó, ní mé an duine céanna ó shin. Táim

teanntaithe ag an mbás mallaithe sin de lá agus d'oíche. Aon rud a fheicim

sa lá bíonn ábhar mo bháis ann. B'fhéidir go mbuailfeadh an capall speach orm

nó go leagfadh an t-asal mé nó go mbeadh frídíní galair san uisce — bímid

marbh ag an Máistir ag trácht orthu sin, agus ó cailleadh Beit, an riach pioc

díom a chuaigh thar doras aon oíche ar eagla go bhfeicfinn a púca, a dhuine.

Bíonn sceilmis i mo chroí roimh na púcaí sin. Mura mbeadh iad bheinn ar aor

an mhaidrín rua.

Is mór an éagóir do na daoine marbha nach bhfanann socair dóibh féin is

gan bheith ag dul timpeall san oíche ag cur eagla ar dhaoine faoi mar atá

Beit Mhór anois. Dúirt Tadhg Óg liom go bhfaca sé thíos sa bhóithrín í an oíche faoi dheireadh agus braillín bhán ina timpeall agus í ar lorg Jimín Mháire Thaidhg agus Mhicilín Eoin. Bhí olc aici chugainn, a dúirt Tadhg, i dtaobh an dosaen uibheacha a ghoideamar ón gcearc a bhí ar gor aici. Ar m'anam is ar mo shláinte gurb in é a dúirt Tadhg Óg, agus dúirt sé rud eile — go raibh néal uirthi i dtaobh gur ghoideamar ocht gcinn de phíopaí tórraimh an oíche a bhí sí faoi chlár agus nach ndúramar paidir ná cré lena hanam.

Ní ag cuimhneamh ar a hanam a bhíomar, an dtuigeann tú leat mé, ach sinn ag iarraidh na píopaí a thógáil gan fhios don scata ban a bhí istigh, agus ní raibh mé féin go rómhaith istigh liom féin fad a bhíomar á dhéanamh, mar cheap mé gach re nóiméad go bpreabfadh Beit féin aniar chun mé a ghearán le Mam. B'in seanbhéas aici riamh. Níor phreab an uair sin agus shíl mé gurbh amhlaidh nach bhfaca sí in aon chor sinn. Ach féach nach rachadh oiread uaithi!

Ní gá di, ar nós an scéil, bheith chomh danartha i dtaobh na seanphíopaí. Nuair a chualamar go raibh sí sa mhullach orainn mar gheall ar an tslí ar thógamar iad dúramar paidir ar son gach píopa riamh acu agus d'iarramar ar Dhia an suaimhneas síoraí a thabhairt dá hanam.

Ach thug Dia an chluas bhodhar dúinn, mar chonaic Tadhg Óg an oíche ina dhiaidh sin arís í agus ní haon mhaolú a bhí tagtha ar an bhfearg aici. Dúirt sí leis nach sásódh aon ní í ach sinn a chur na píopaí i bpoll an chlaí faoin tor sa bhóithrín.

Chuir sin mé féin is Micilín i bponc. An dtuigeann tú, bhí cuid den tobac a bhí iontu caite agus bhíomar tar éis ceann acu a dhíol le Taidhgín Neilí ar dhá phingin. B'éigean dúinn Taidhgín a leagan chun na píopaí a bhaint de — bhí na pinginí caite againn ar mhilseáin, tá a fhios agat. Chuireamar bruscar móna i dtóin gach píopa acu a bhí ólta againn agus cuid den tobac as na cinn eile anuas ar a bharr. Mheasamar, tá a fhios agat, nach dtabharfadh púca Bheit Móire faoi deara an difear.

Chuireamar na píopaí sa pholl leis an lá. Ní raibh oiread leisce orm ag scaradh le haon rud riamh — píopaí breátha á gcur i bpoll claí don phúca agus an t-uisce ó na fiacla againn féin le dúil sa tobac!

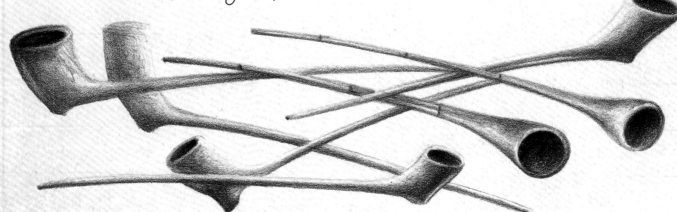

Maidin lá arna mhárach chuaigh mé os íseal go dtí an poll a fhéachaint ar tháinig Beit ag iarraidh na bpíopaí. Dar fia, bhí gach aon cheann riamh acu imithe! Mheas mé go dtitfinn leis an bpreab a baineadh asam. Bhí an lá gléigeal ann, ach mar sin féin thabharfainn an leabhar go bhfuair mé boladh an phúca san áit. Tháinig fuath agam don tor agus don bhóithrín agus fuath speisialta do phúca Bheit Móire agus í ag imeacht ar fud na dúiche i lár na hoíche agus ocht gcinn de phíopaí tobac ar lasadh in éineacht aici agus gal deataigh ag éirí as a béal.

Ní ligeadh an smaoineamh sin dom aon néal codlata a dhéanamh ó d'inis Tadhg Óg dom gur mar sin a bhí sí oíche a bhuail sí leis féin. Bhí sí sásta go leor, dúirt sé, gur tháinig sí go dtí an bruscar móna faoin tobac agus gur dhóigh sin an carball aici. Bhí sí ag casachtach ansin agus ag eascaní agus dúirt sí, ambaiste, nach maithfeadh sí dúinn in aon chor nó go gcuirfimis chuici an dosaen uibheacha a thógamar ón gcearc ghoir. Léan uirthi, nach maith a chuimhnigh sí orthu.

Bhíomar teanntaithe ar fad ag na huibheacha. Dhíolamar iadsan fadó riamh le bean an Tobair i gcomhair na caide agus ní fios cad é an chríoch a bhí imithe orthu — droch-chríoch is dócha mar bhí sicíní iontu nuair a dhíolamar iad. Ar feadh trí oíche níor chodail éinne de bheirt againn aon néal ach á cheapadh gach aon nóiméad go mbeadh an púca chugainn ag éileamh na n-uibheacha agus ní thabharfá trí leathphingine orainn bhíomar chomh suaite sin.

Bhíomar i ngalar na gcás ag iarraidh uibheacha goir a sholáthar. Bothán cearc níor fhágamar ar fud an pharóiste gan chuardach ach ní raibh oiread agus aon chearc amháin ar gor iontu. Fuaireamar dosaen uibheacha saoráideach go leor agus, má chuireamar cearc amháin, chuireamar cearc is fiche ina suí orthu, ach an riach gor a dhéanfadh aon cheann acu! Cheanglaíomar ceann acu ar chos sa nead, ach nuair a bhí sí tuirseach de bheith ina suí léim sí agus tharraing sí an baile uirthi leis an ngleo a rinne sí agus rug Máire Aindí na huibheacha léi. Bhíomar cráite, agus dúirt Tadhg Óg go raibh an ghoimh ag teacht ar an bpúca chugainn toisc gan na huibheacha a bheith faighte againn di. Go maraí siad í, gan olc dúinn!

Rinne mé féin agus Micilín comhairle ansin dosaen uibheacha a ghoid agus iad a chur chuici agus litir ina dteannta. Scríobhamar an litir:

Go dtí Púca Bheit Móire

A Phúca, a ghrá dhil,

Seo dhuit dosaen uibheacha. Ní hiad na huibheacha céanna a bhí faoi do chearcsa iad mar d'imigh siad sin don Daingean. Tá siad gan ghor, leis, ach b'fhéidir go mbeadh cearc agat féin a dhéanfadh duit é, agus más é do thoil é, a phúca dheas, ná bí dian orainn mar táimid óg, agus ná bí inár ndiaidh sa bhóithrín aon oíche eile.

Mise Jimín agus
Mise Micilín Eoin.

Chuir mé Cáit go dtí an tor sa bhóithrín agus chuir sí na huibheacha sa pholl agus an litir ar a mbarr. Níor chodail mé néal an oíche sin ach á cheapadh gach aon nóiméad go bhfeicfinn an amhailt isteach trí pholl na heochrach chugam. Ach, ambaiste, níor tháinig sí in aon chor agus ní mé nach raibh buíoch.

Ar maidin go moch chuaigh Cáit arís go dtí an poll. Ní raibh ubh ná litir ann. I gcoinne a cos a chuaigh sí go dtí an poll in aon chor, ach ar m'anam, a mhic ó, gur bhain sí as na cosa go maith é ag teacht abhaile arís, agus bhí sí ag dul i laige le heagla an phúca, agus chun an fhírinne a rá, ní raibh mé féin istigh liom féin.

Ó scríobh mé an méid sin tá scéal tite amach anseo. Is suarach an scraiste Tadhg Óg. Táim tite amach leis. Chuala mé aréir é istigh i dteach Mháire Aindí á insint dóibh i dtaobh an sceimhle a fuair mise ó Phúca Bheit Móire agus mar a rinne sé féin smíste amadáin díom nuair a dúirt sé liom na píopaí agus na huibheacha a chur sa pholl i gcomhair an phúca, agus dúirt sé le Máire gur uaithi féin a ghoid mé na huibheacha. Ní raibh oiread náire riamh orm.

Beidh mise suas le Tadhg ar shlí éigin — beidh sin. Ní dhéanfadh sé mar sin liom é an oíche a bhris mé an cleamhnas le Peats Teaimí dó féin is do Nell. Léan vaidh, ní maith an díol air aon bhean a sholáthar dó — ní maith sin.

Caibidil XIII

Rás na naomhóg i gCuan an Duilisc

Nuair a bheidh mise mór beidh mé i m'fhear naomhóige agus beidh mé ag rás agus ní bheidh aon naomhóg in aon chuan i gCiarraí a thiocfaidh i ngiorracht scread asail dúinn agus beidh gach éinne ag liúireach agus ag rá 'Up Jimín!' agus ag ól pórtair faoi thuairim mo shláinte, agus ansin cromfaidh siad ar bhruíon agus bainfidh siad fuil as a chéile, ach ní bheidh focal asamsa ach mé á ligean orm nach raibh aon ghaisce déanta agam, cé go mbeidh mé ag éisteacht leo á rá lena chéile: 'Sin é Jimín Mháire Thaidhg — sin é an fear a bhuaigh an rás!' agus iad do mo thaispeáint dá chéile. Sin mar a bheidh nuair a bheidh mise mór.

An dtuigeann tú, sin é a chuaigh i mo cheann an lá a bhí an rás mór naomhóg i gCuan an Duilisc coicís ó shin. An-lá ab ea é, a dhuine. Chaith mé scilling is toistiún ar mhilseáin agus ar úlla. Bhí Micilín Eoin in éineacht liom agus ní raibh aige ach scilling. Ní fada le dul scilling is toistiún nuair a chaithfeá toistiún a thabhairt ar úll go mbeadh fochall ina lár agus ní choimeádfadh scilling leathuair an chloig ag cogaint thú nuair a thabharfá ar mhilseáin í. Is damanta an t-earra iad le daoire. Bhí a fhios agam ar maidin a ghiorracht a rachadh an t-airgead, ach ní ligfeadh scanradh dom aon phingin a iarraidh ar Mham, mar bheadh a fhios aici cá mbeinn ag dul, agus ansin bheadh laincis liom, mar ní maith le Mam rásaí naomhóg. Choinnigh sí Daid sa bhaile ach d'éalaigh mise uaithi. Dúirt mé le Daid éalú, leis, ach is amhlaidh a bhain an fear bocht croitheadh as a cheann agus d'fhéach sé go heaglach i dtreo Mham. Nuair nach raibh sí ag féachaint thug sé trí pingine dom gan fhios di. Níl Daid bocht go holc dá mbeadh an cothrom aige chun maitheasa.

Domhnach ab ea é, agus siúd liom féin agus le Micilín thar mám ar bogshodar. D'fhágamar na bróga faoi choca féir i bpáirc le Micilín, mar ba mhór linn mar ualach iad. I mbarr an mháma bhuail asal linn agus chuamar araon in airde air ach ní haon deabhadh a rinneamar dá bhrí sin, mar ní bhainfeadh cogadh na bpiléar aon siúl as, agus nuair a bhí mé á phriocadh le tairne is amhlaidh a luigh sé fúinn agus ní éireodh sé gur lasamar scothán aitinn faoina

164

bholg. D'éirigh sé ansin de phreab, agus rad sé agus siúd leis ar cosa in airde uainn agus é ag radadh agus gach aon 'hí-há' aige. Chuir an scothán aitinn giodam ann.

Bhí an saol go léir ag féachaint ar an rás — fir agus mná agus daoine beaga. Níor chuala mé riamh oiread geoine, ná oiread cainte, ná oiread argóna, ná ní fhaca mé riamh oiread tarta ar dhaoine agus a bhí, ach má bhí tart orthu bhí sás a mhúchta ann go tiubh, mar chonaic mé a lán bairillí ar fud na háite go léir agus daoine ag ól astu le sáspain. Gheofá taoscán den stuif dubh a bhí sna bairillí ar scilling. Bhí mé ag faire ar chuid de na daoine agus ní bhídís choíche sásta le haon sáspan amháin a shlogadh. Líontaí na sáspain go léir arís dóibh agus bhídís á dhiúgadh agus sobal ar a bpusa uaidh agus a súile ag leathadh orthu agus a gcuid cainte ag dul i ndíth céille le gach sáspan dá n-ólaidís. Thíos faoi bhun na haille bhí cuid de na scríbíní agus sna páirceanna timpeall na trá, agus chonaic mé beirt go raibh bairillí istigh i gcairt asail acu agus iad soir, siar ar feadh an bhóthair ar lorg daoine bochta go raibh tart gan mhúchadh orthu. Bhí sruthán mór uisce ann, ach ní raibh éinne ag ól aon bhraon as sin.

Bhí mná ann, flúirseach, ach ní bhídís sin in aon chor timpeall na mbairillí. Ach más ea níor fhág sin balbh iad ná go mbídís ag caint — mná Chuas an Phortáin agus mná Bhéal Carraige ag áiteamh ar a chéile agus ag moladh a gcuid fear. Bhídís go searbh lena chéile, a dhuine, agus ba dhóigh leat gur scian gach aon fhocal a scaoilidís amach as a mbéal. Chaith mé tamall ag éisteacht le cuid acu féachaint cathain a liúrfaidís a chéile. Ach an diach liúradh, a dhuine. Ní haon mhaith na mná sin ach chun cainte.

Bhí lucht úll a dhíol ann agus milseán agus crúibíní muc. Bhí bean an duilisc ann leis, agus lucht amhrán, agus fear go raibh trí cártaí aige agus é

ag breith scillingí ó dhaoine chomh tiubh le tiúl.
Thabharfadh sé coróin don té a d'aimseodh an
t-aon muileata. Uair, nach raibh sé ag féachaint
ar na cártaí, rug Donncha Neans ar an aon
muileata agus lúb sé cúinne de. Ansin chuir
Donncha leathchoróin leis an bhfear go
n-aimseodh sé féin an t-aon muileata.
Shuaith an fear arís iad agus nuair a
d'iompaigh Donncha an cárta go raibh an
cúinne cam air cad a bheadh aige ach an deich triuf.

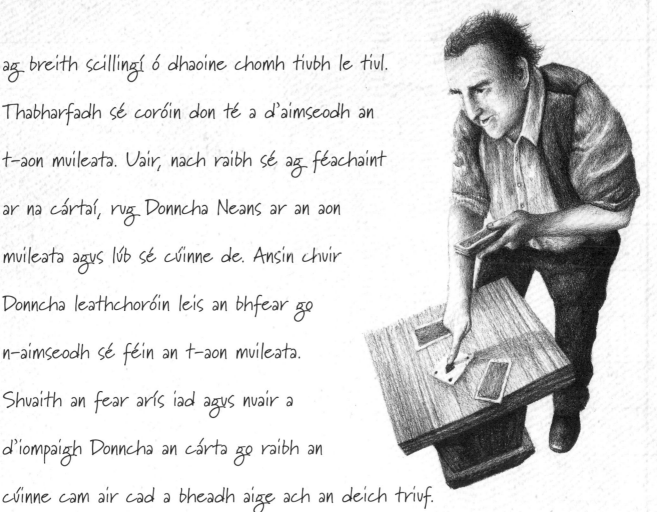

Tháinig néal ar Dhonncha Neans. 'Rinne tú iad a dhathú, a dhiabhail boy!'
ar seisean, agus bhuail sé flíp ar fhear na gcártaí. Thóg seisean a mhaide
croise agus bhuail sé Donncha sa bhaithis. Ní fhaca mise den spórt ach an
méid sin mar chuaigh a lán eile sa ghráscar. Bhí siad go léir in aon tranglam
amháin ag tnáitheadh a chéile agus b'éigean domsa cur díom.

Seo liom síos mar a raibh na naomhóga. Sin é an áit a raibh an suaitheadh
agus an sioscadh agus gach éinne ag moladh a chriú féin agus ag cáineadh
gach aon chriú eile. D'imíodh naomhóg ar scuird léi féin an cuan siar.

'Ó d'anam don scian!' a deireadh fear. 'Nach deas iad,' agus bhíodh rian an phórtair ar a smigín.

Labhraíodh fear eile á fhreagairt:

'B'fhéidir dá mbeadh naomhóg eile suas lena gcliathán gur beag an teaspach a d'fhágfadh sí orthu.'

'Ara, níor chás dóibh — níl criú sa chuan inniu a dhéanfadh aon lámh orthu,' a deireadh fear an smigín smeartha. 'An iad muintir Chuas an Phortáin arú? Mhuise, cúis gháire chugainn! Cad a rinne siad riamh?'

'Rinne siad, an rud a dhéanfaidh siad inniu arís — an svae a bhreith leo ó Bhéal Carraige.'

'Cuirfidh mé cúig punt leat nach ndéanfaidh.'

'Cuirfidh mé, agus fiche punt,' arsa fear an phórtair agus chuir sé lámh ina phóca. Ní dóigh liom go raibh fiche scilling ag an bhfear céanna, mar chonaic mé ina dhiaidh sin é, agus é ag iarraidh leathchoróin a bhaint dá bhean chun dul ag ól.

Bhí lucht na naomhóg ag baint díobh — níor fhág siad caipín ná casóg ná veist orthu ná treabhsar. Bhí gach éinne ag liúireach orthu agus á moladh agus á gcomhairliú agus á ngríosú. D'fheicfeá fear agus sáspan pórtair ina lámh aige agus é ag béicíl ar naomhóg acu. 'Dar anam d'athar, a Mhaidhc, ná scaoil go brách le Cuas an Phortáin é,' agus an uair chéanna bhíodh sreall den phórtar ag imeacht mar seo agus sreall mar siúd as an sáspan i dtreo go mbíodh a fhormhór imithe vaidh nuair a chuireadh sé chun a bhéil é. Ansin deireadh sé le fear an scríbín: 'In ainm na maothaile tabhair dom taoscán eile de sin.'

Ní fada gur imigh an dá naomhóg agus cúrán bán faoina dtosach agus an dá cheathrar ag iomramh ar a ndícheall báis, siar is aniar, siar is aniar, gan stad, gan staonadh, agus na hocht maidí ar comhimeacht. Bhí na daoine i dtír ag dul ar mire agus iad ag rith feadh na trá agus ag liúireach agus ag bagairt a lámh agus a ndorn ar na naomhóga agus ag tabhairt orduithe dóibh agus ag rá 'Mhuise, mo cheol sibh!' agus gan lucht na naomhóg á gcloisteáil in aon chor, ach iad ag tarraingt gur dhóigh leat go mbrisfeadh a gcroí.

Ansin bhris Maidhc Mór dola.

'Ó, an diabhal!' arsa gach éinne mar cheap siad go raibh an rás caillte dá dheasca. Ach chuir Maidhc dola nua isteach agus thosaigh sé arís ar bhuillí móra rámha.

'Oh my! Is tréan an fear é,' arsa gach éinne. Ansin bhris an fear tosaigh sa naomhóg eile maide rámha.

'Ó faire go deo,' arsa na daoine, ach chuir siad go léir liú molta astu nuair a tharraing sé chuige maide nua.

'Fear diail,' a dúirt siad.

Mar sin dóibh ar feadh dhá mhíle gur tháinig siad go dtí an dara polla chun casadh abhaile. Ag gabháil timpeall ar an bpolla dóibh ní fhágfadh aon cheann acu slí dá chéile, agus slán mar a n-insítear é, chuaigh an dá naomhóg in achrann ina chéile. D'éirigh Maidhc Mór agus d'ardaigh sé maide rámha agus bhuail sé fear sa naomhóg eile leis. Ansin rug an dá chriú ar a chéile chun a chéile a bhá. Níor bháigh siad, áfach, mar bhailigh na naomhóga eile isteach orthu agus stop siad iad. Ach bhí deireadh leis an rás.

Nuair a tháinig Maidhc Mór isteach dúirt sé gurbh iad an mhuintir eile a rinne an feall. Dúirt lucht na naomhóige eile gur d'aon ghnó a chuaigh muintir Mhaidhc ceangailte iontu féin nuair a bhí siad 'béiteáilte' acu. Chreid gach dream istigh a muintir féin agus ba ghearr go raibh an slua go léir ag áiteamh ar a chéile.

'Up Maidhc Mór!' arsa plobaire amadáin a bhí ar bogmheisce.

'Nárab ea,' arsa gligín eile go raibh na cosa ag imeacht uaidh, 'ach up Cuas an Phortáin!'

Bhain an plobaire mór a chasóg de.

'Má tá meas fir agat ort féin,' ar seisean, 'anois an t-am agat.'

Thug an bheirt acu faoina chéile, ach ní bhuailfeadh éinne acu taobh tí, mar bhí siad ar meisce. Rith gach éinne mar a raibh an gleo, agus nach raibh a fhios ag a leath cad chuige a raibh an leath eile ag rith. Is ait an rud an duine mar sin — ar nós na gcaorach díreach.

Má bhí argóint ann roimh an rás níorbh aon ní é seachas an gíotam a bhí ar siúl ina dhiaidh. Bhí na mná féin corraithe go mór agus ba dhóigh leat ar an gcaint a bhí acu gurbh é a gcúram riamh bheith ag tarraingt naomhóige — gach bean acu ag lochtú bhuillí rámha na bhfear i naomhóg an té a bhíodh ag caint léi agus í chomh húdarásach ina cuid feasa agus a bheadh Sean-Diarmaid Buí a chaith trí fichid bliain dá shaol i dtóin naomhóige. Sin é dála na mban choíche. Nuair a bhíodh fir ag dul dian ar a chéile san argóint d'éirídís as an gcaint agus bhainidís sásamh as a chéile leis na doirne.

Ní fheadar an mbeidh mise mar sin nuair a bheidh mé mór — ag ól pórtair mar a bheadh gamhain agus ansin ag caint agus gan d'éifeacht sa chaint ach mar a bheadh i ngéimneach bó.

Cad ina thaobh go mbíonn daoine go hait? Cad ina thaobh go ndeachaigh an dá naomhóg ceangailte ina chéile? Cad ina thaobh gur bhuail Maidhc Mór an fear eile leis an maide rámha? Cad é an paor a bhí ag Dia ar an duine nár thug Sé ciall dó mar a thug Sé do chapaill agus d'asail?

Dá mbeinnse mór aon uair amháin agus mé i rás ní fheadar an mar sin a bheinn?

Caibidil XIV

Oíche iascaigh

Tráthnóna Dé hAoine bhí mé thíos sa Chuas ag féachaint orthu ag cur na líonta sna naomhóga. Bhí iasc sa chuan, tá a fhios agat — maicréil fhómhair agus iad ag ráthaíocht ar bharr an uisce le dhá lá roimhe sin agus mheall siad muintir an bhaile chun dul ina ndiaidh. Tógadh anuas láithreach seanlíonta a bhí le bliain ar na lochtaí agus ar na maidí snaidhmthe agus deisíodh na mogaill bhriste iontu agus cuireadh braighdeáin leo chun na clocha a cheangal dá mbun chun iad a shuncáil. Mise a bhailigh na clocha do Thadhg Óg.

Trí naomhóga atá sa chuas seo againne, agus gach ceann acu páirteach idir bheirt nó triúr. Athair Mhicilín atá páirteach le Tadhg

Óg, agus rug siad Donncha Pheig leo ina thríú duine. Bhí an tráthnóna go breá agus barr taoide ann nuair a bhíomar ag bordáil na líonta thíos ag leac an bháid. Mise a bhí ag coinneáil na naomhóige do chriú Thaidhg Óig fad a bhí siad sin ag réiteach an lín agus ag ceangal na gcloch i ngiorracht gach aon chúpla feá dá chéile agus á socrú i dtóin na naomhóige i dtreo nach mbeadh aon bhaol go rachadh an líon in achrann nuair a bheidís á chur i bhfarraige. Ní fada a bhí mé thíos nuair a chuala mé Mam ag glaoch orm. D'ísligh mé síos sa naomhóg agus níor thug mé aon toradh uirthi. Bhí a fhios agam go maith gur ag iarraidh na mbó a bheadh sí do mo chur. Táim marbh ag na ba céanna, siar is aniar gach aon lá. Ní fhaca Mam in aon chor mé agus b'éigean di Cáit a chur chun iad a bhagairt abhaile. B'fhearr liomsa gurbh é Daid a chuirfeadh sí ann mar bhí a fhios agam nach bhféadfadh Cáit an chloch a chur sa bhearna ina diaidh agus go mbeadh asail an bhaile ag dul ar ár gcuidne agus nár dhóichí rud eile ná go mbeadh Mam do mo chursa ina ndiaidh chun iad a ruaigeadh. Ach ní raibh Daid istigh, is dócha, chun é a chur ann.

Bhí Donncha Pheig ag gabháil dom i dtaobh neamhthoradh a thabhairt ar mo mháthair.

'Mór an náire duit é nach ndéanfá rud ar do mháthair, a bhligeaird mhaith,' ar seisean.

'Níor iarr éinne ortsa do shrón a chur in aon chor ann,' arsa mise.

Is dócha go raibh mé drochmhúinte, ach cad ina thaobh gur thug sé bligeard orm?

D'fhéach Donncha Pheig go feargach orm. 'Um, bó,' ar seisean, 'a dhrochbhreed, ar bhiorán buí chaithfinn i bhfarraige thú.'

'B'fhearr duit é a thriail,' arsa mise agus rug mé ar mhaide rámha chuige.

Gháir Tadhg Óg. 'Mhuise, mo chroí thú, a Jimín,' ar seisean. 'Maraigh ar fad an seanchníopaire,' ach níor mharaigh mé ar a shon sin.

Thug Donncha Pheig aghaidh ar Thadhg Óg ansin. 'Is measa tusa atá ag séideadh faoi. Níl sé drochmhúinte a dhóthain cheana, is dócha,' arsa Donncha.

Ansin d'imigh Donncha Pheig abhaile ag iarraidh treabhsair agus lón bia i gcomhair na hoíche. Chaith Tadhg Óg an seol isteach i dtosach na naomhóige agus tar éis an naomhóg a cheangal den fháinne iarainn d'imigh sé féin agus athair Mhicilín abhaile ag iarraidh culaith iascaigh agus lóin.

Bhí sórt leisce orm féin dul suas, tá a fhios agat, ar eagla go bhfeicfí sa bhaile mé agus go bhfaighinn rud le déanamh ó Mham. Is maith an sás chuige sin í.

Bhí an ghrian imithe síos agus dath an chopair ar an spéir go léir thiar. Bhí an fharraige ar nós rud a bheadh ina suan agus a huachtar mar a bheadh gloine le sleamhaine. Bhí gach aon rud chomh ciúin sin go dtiocfadh saghas vaignis ort, ach níorbh aon uaigneas é gur mhaith leat dul uaidh, ach is amhlaidh a d'fhanfá i do thost gan chorraí. Níor chorraigh mé féin go ceann i bhfad ach bhí mé ag iarraidh an bhfeicfinn Tír na nÓg thiar ar fad san fharraige, ach ní fhaca. Tadhg Óg a dúirt liom go bhfuil sí ann agus gur chaith Oisín trí chéad bliain inti gan aon lá aoise a theacht air. Dúirt Niamh Chinn Óir leis gan dul ar ais go hÉirinn níos mó, ach phrioc an mífhortún é go dtiocfadh sé ag féachaint na seanmhuintire, agus ní túisce a chuir sé a chos ar thalamh na hÉireann ná rinneadh seanduine de agus cailleadh ina dhiaidh sin é. Nárbh é an t-amadán Oisín nár fhan mar a bhí aige. Iomarca teaspaigh, is dócha.

'Hé, a Jimín,' arsa Mam arís, agus í amuigh ar an gclaí do mo lorg. Ruaig sí sin Tír na nÓg as mo cheann agus chuaigh mé isteach faoin seol sa naomhóg chun nach bhfeicfeadh sí mé. Lena linn sin chuala mé na hiascairí ag teacht chun dul ar an bhfarraige. Chuala siad Mam ag glaoch orm.

'Ní fheadar,' arsa Donncha Pheig, 'cá bhfuil an diabhailín sin imithe. Bhí sé ansin ó chianaibh. Siod í a mháthair fós á lorg.'

'In áit éigin chun toirmisc, bíodh geall,' arsa athair Mhicilín. 'Níl a leithéid ar dhá chos.'

'Scaoil an téad sin agus bímis ag bogadh linn siar,' arsa Tadhg Óg.

Fad a bhí siad ag caint, a dhuine, tháinig an-chuimhneamh dom go rachainn féin ag iascach leo an oíche sin, agus nach raibh agam ach fanacht socair mar a raibh mé agus nach dtabharfaí faoi deara mé go mbeidís rófhada siar chun filleadh abhaile liom. Tháinig sé go léir i mo cheann mar a d'imeodh piléar as gunna.

Ní raibh gíog asam agus iad ag teacht sa naomhóg. Bhraith mé ag cur na maidí amach iad, agus níorbh fhada gur bhraith mé siúl ag teacht faoin naomhóg. Nuair a bhog sí amach as an gcuas bhraith mé í ag titim is ag éirí le suaitheadh na farraige.

Bhí mífhoighne orm teacht amach ón seol agus preab a bhaint astu, ach bhí eagla orm dá ndéanfainn róluath é go bhfillfidís agus go gcuirfidís i dtír arís mé. Ba shia liom gach nóiméad ná uair an chloig ag feitheamh. Níor labhair aon duine den triúr go ceann i bhfad ach iad ag tarraingt leo go fada breá réidh. Ansin chonaic athair Mhicilín rud éigin san fharraige.

'Ab in tóithín laistigh dínn?' ar seisean. Stad an rámhaíocht. I gceann tamaill labhair Tadhg Óg.

'Tá scoil acu ann. Soir atá siad ag gabháil. Ní haon droch-chomhartha ar iasc iad a bheith ann.'

Thabharfainn an saol ar chead a bheith agam éirí chun na muca mara a fheiceáil, ach cheap mé, ambaiste, go mb'fhearr mo cheann a choimeád go híseal tamall eile.

Bhí siad ansin ag caint ar an díobháil a dhéanann na muca mara agus na cránacha mara do na líonta agus an tslí a n-itheann na madraí éisc agus na cailleacha breaca an t-iasc as an líon. Dúirt athair Mhicilín go raibh trí mhíle gabhar sna líonta acu maidin amháin agus go raibh greim bainte as gach aon cheann riamh acu ag na madraí. Ní dócha gur thug siad féin faoi deara in aon chor é, ach ní raibh aon chaint acu ach ar chailleacha breaca agus ar ghabhair agus ar mhuca agus ar ainmhithe eile. Nach ait go bhfuil gach aon ainmhí riamh acu san fharraige.

Bhí mé fad gach aon fhaid faoin seol agus sa deireadh ní fhéadfainn foighneamh a thuilleadh agus chuir mé amach mo cheann. Bhí sé nach mór dorcha. Bhí droim an triúir liom agus ba é Donncha Pheig ba ghiorra dom. Bhí siad ag tarraingt leo is ag caint. Athair Mhicilín a bhí á insint conas mar a bhí Tadhg Mór ar meisce oíche aonaigh agus dhírigh sé ar mhuintir a thí a léasadh. Theith a bhean agus is i dteach a máthar a chaith sí an oíche. 'Agus an d——l, an dtuigeann tú leat mé? Bhí muintir na mná ar buile agus theastaigh uathu nach rachadh sí ar ais chuige, ach tháinig sé lasmuigh de dhoras acu le píce agus d'fhógair sé dóibh a bhean a chur amach chuige, agus chuir siad — umhal go leor!'

'Mhuise, mo ghraidhin í, an bhean bhocht!' arsa Donncha. 'Ní maíte a saol uirthi nuair a bhíonn aon bhraon istigh ag an bhfear mór.' Tharraing Donncha cúig bhuille eile sular labhair sé arís. Ansin: 'Ní fheicimse aon bhean a bheadh maith a dhóthain dó siúd ach Máire Thaidhg. Is é an scrupall nach í atá pósta leis. Deirimse leat go ndíreodh sí sin Tadhg.'

'Ní fheadar an ndéanfadh,' arsa Tadhg Óg.

'Um, bó, is í a dhéanfadh,' arsa Donncha agus tharraing sé cúpla buille láidir. 'Níl aon teorainn léi sin, a dhuine. An feairín bocht lách sin atá aici — nach bhfuil a chroí is a mhisneach briste sa duine bocht.'

Tháinig olc orm féin ón gcaint sin. Pé rud a thitfeadh amach eadrainn féin sa bhaile ní ligfinn d'éinne Mam ná Daid a cháineadh. D'éirigh mé amach ón seol.

'Óra, nach fada go dtachtann an t-éitheach thú!' arsa mise. 'Tá Daid ...'

Bhí mé chun a rá go raibh Daid gan aon bheann aige ar mo mháthair, ach, a mhic ó, níor chríochnaigh mé an chaint ó shin. Bhuel, mura mbeadh agat ach aon gháire amháin chaithfeá é a dhéanamh faoi Dhonncha Pheig. Thit an dá mhaide rámha uaidh agus chuir sé béic as.

'I gcuntas Dé na bhfeart!' ar seisean, agus ansin chaith sé é féin ar bhior a chinn siar faoin tochta go raibh athair Mhicilín ina shuí air. Stad an bheirt eile, leis, den rámhaíocht. Bhain athair Mhicilín Fíor na Croise de féin, agus d'éirigh Tadhg Óg i ndeireadh na naomhóige agus d'iompaigh aniar féachaint cad é an murdar a bhí ar siúl i dtosach na naomhóige. Nuair a chonaic sé mise chuir sé scairt gháire as. 'Is ea, go bhfaighe mé bás den tart,' ar seisean, 'murab é Jimín féin atá ann.'

Chaith athair Mhicilín a hata i dtóin na naomhóige.

'Bhuel, d'imigh an diabhal air sin!' ar seisean.

Ara, a dhuine, bhí an-spórt againn agus an naomhóg ina stad amuigh i lár na farraige. Bhí Donncha Pheig an-dúr, agus nuair a bhí siad ag déanamh comhairle le chéile féachaint cad ab fhearr a dhéanamh liom dúirt sé gur

mhór an suaimhneas ar dhaoine é dá ndéanfaí cloch a chur le mo mhuineál

agus mé a chaitheamh go tóin poill, mar go raibh an diabhal do mo phriocadh

gach aon lá den bhliain. Dúirt athair Mhicilín nach mbainfeadh Arastotail aon

cheart díom.

Bhí siad tamall maith ag argóint i mo thaobh, agus is é an socrú a rinne

siad sa deireadh ná mé a choimeád sa naomhóg in éineacht leo go maidin,

cé go raibh Donncha Pheig á rá feadh na haimsire gur cheart mé a chur

abhaile, mar dá n-imeodh aon ní orm go mbeadh mo mháthair á dtabhairt

féin chun cuntais.

Ghluaiseamar arís, agus i gceann leathuair an chloig nó mar sin, thángamar

go dtí áit an iascaigh. D'éirigh an bheirt thiar as an rámhaíocht agus chrom

siad ar an líon a chaitheamh amach — duine acu ar na coirc agus an fear

eile ar na clocha. Bhí Donncha Pheig ag ainliú na naomhóige agus mé féin

ag féachaint ar an obair. Mheas mé nuair a bhí na líonta amuigh go bhfágfaí

mar sin iad go maidin agus go bhfanfaimis feadh na hoíche os a gcionn, ach

ina ionad sin tarraingíodh gach aon uair an chloig iad, go dtí a cúig a chlog

ar maidin.

Is iontach an rud an fharraige istoíche. Bhí an oíche an-dorcha againn, agus ní fheicfeá den talamh ach rud mór dubh go gcloisfeá an tonn ag briseadh i gcoinne na gcloch ag a bhun. Nuair a bhíonn an dorchadas ann bíonn solas greannmhar sa sáile. Cheap mé go raibh an líon ar lasadh nuair a bhí siad á tharraingt isteach. 'Méarnáil' a thug Tadhg Óg ar an solas. Rug mé air, féachaint an raibh sé te, ach ní raibh.

An chéad vair a tharraingíomar na líonta ní raibh iontu ach timpeall leathchéad maicréal. D'aistríomar go dtí áit eile ansin agus thugamar cor eile. An dara tarraingt ní raibh ach trí maicréil iontu agus madra éisc. Nuair a bhí an madra istigh i dtóin na naomhóige againn bhí gach aon sceamh aige go dtabharfá an leabhar gur gadhar a bhí ann. Bhain athair Mhicilín an t-eireaball de le scian agus chaith sé i bhfarraige arís é.

'B'fhéidir go múinfeadh sin ciall do roinnt éigin acu gan teacht inár ngaire,' ar seisean.

Go dtí a ceathair a chlog ar maidin níor bhuail aon ní fónta linn. Bhíomar ag druidim leis an mbaile i gcónaí. Ar a ceathair dúirt siad go dtabharfaidís cor eile, agus go n-éireoidís as ansin. Bhí an lá ann an uair chéanna. An chéad líon a tugadh isteach bhí fobhreac ann. Bhí siad ag dul i dtús amach go dtí a dheireadh. Faoi mar a bhí an líon ag teacht isteach bhí siad ag piocadh an éisc as, ach, dar fia, nuair a tháinig an dara líon níor bhacamar le haon phiocadh ach líon agus iasc agus uile a chaitheamh isteach sa naomhóg. In áiteanna den líon bhí maicréil ar gach aon mhogall, dar leat. Bhí oiread sin éisc ann gur shuncáil na líonta síos agus bhí saothar ar na fir ag iarraidh iad a tharraingt aníos agus leathcheann ar an naomhóg. Ó, bhí obair mhór orainn, ach, ráinigh linn sa deireadh iad go léir a thógáil isteach. Bhí ualach sa naomhóg, a deirim leat, agus bhí a faobhar síos i ngiorracht sé orlach den uisce.

Bhí iasc agus líonta óna tosach go dtí a deireadh agus in airde ar na tochtaí agus sinne inár suí anuas orthu. Dúirt Tadhg Óg gur dócha go raibh trí mhíle iasc againn. Bhí Donncha Pheig féin sásta, agus rinne sé gáire — an chéad gháire ón uair a bhain mise an phreab as. Ach dá fheabhas a bhí an scéal ní fhéadfadh sé gan cnáimhseáil éigin a dhéanamh. Bhíodh sé ag eascainí ar na madraí nuair a d'fheiceadh sé aon mhaicréal agus greim bainte as a dhroim ag ceann acu. Ní fhéadfadh duine é a dhéanamh ní b'fhearr le scian.

Thugamar aghaidh ar an mbaile ansin agus gan aon an-siúl fúinn toisc méid an ualaigh. Ba mhaith an scéal go raibh an uain chomh breá is a bhí. Dá mbeadh aon bhorradh ann bheimis báite, ach bhíomar ag cur dínn, agus i gceann tamaill mhaith bhaineamar ár gcuas féin amach, faoi bhun na dtithe.

Ach fan bog, áfach, go n-inseoidh mé conas a bhí an scéal sa bhaile i mo dhiaidh ar feadh na hoíche. Cáit a d'inis domsa é fad a bhí Mam ag crú na mbó an tráthnóna sin agus mise faoi ghlas sa seomra i mo phríosúnach. Trí pholl na heochrach a bhí Cáit ag caint liom.

De réir dealraimh nuair a bhí Mam ag glaoch ormsa chun dul ag iarraidh na mbó agus nach bhfuair sí aon toradh ní mór an nath a chuir sí ann. Ba mhinic, slán beo sinn, nach bhfaigheadh sí toradh uaimse. Ghlaoigh sí cúpla uair eile, leis, orm, ach ní raibh mise i mbun freagartha. Níor tháinig aon an-imní uirthi go dtí a deich a chlog nuair ba cheart domsa bheith sa bhaile nó i mo chodladh. Nuair nach raibh mé tagtha chuir sí mo thuairisc ar Cháit agus ar Dhaid, ach bhí siadsan dall ar cá raibh mé. Chuir sí Daid go teach Mháire Aindí féachaint an ansin a bheinn. Nuair a tháinig sé gan mé chuaigh siad araon go dtí gach aon teach ar an mbaile, agus nuair nach bhfuair sí mo thuairisc in aon áit, d'éirigh a croí uirthi. Ruaigeadh as an leaba gach aon bhuachaill ar an mbaile agus ceistíodh iad. Cuardaíodh tithe bó agus stáblaí agus iothlainneacha ar mo lorg, ach an riach pioc de thuairisc Jimín a bhí in aon áit. Tiomáineadh Daid leis an gcapall go teach m'aintín cúig mhíle ó bhaile, féachaint le haon seans gur ansin a bheinn imithe. Bhailigh mná an

bhaile timpeall ar Mham agus bhí siad á rá léi gan aon bhuairt a bheith uirthi,

nach aon drochrud a bhí imithe orm, agus go mbeinn chuici lá arna mhárach

go seamhrach. Giach re tocht uaignis agus feirge a thagadh ar Mham. Bhí sí

á rá gur dócha go raibh deireadh lena buachaillín bocht gan chiall an babhta

seo, agus gur dócha gurbh é críoch a bhí i ndán dó é, mar ón lá a tháinig

siúl na slí ann nár scar an mí-ádh riamh leis ná an imní léi féin. Dúirt Cáit

nach bhfaca sí riamh oiread drochmhisnigh ar Mham.

D'imíodh an tocht sin de Mham i gceann tamaill agus thagadh tocht

eile uirthi. Deireadh sí go raibh a croí scólta agam agus nuair a gheobhadh sí

greim orm go ndíolfainn as. Cad é an crann a bhí uirthi féin anuas go mbeadh

a leithéid de mhac aici nach raibh faoi mar a bheadh aon bhuachaill eile ar

185

an mbaile? Níorbh aon rud léi gasúr a bheith crostáilte vair umá seach, ach nach mar sin a bhí ag a mac féin ach nár rug aon lá gréine riamh air nach mbeadh a croí ina béal aici, nó náire virthi i láthair na gcomharsan, ag coirpeacht nó ag díth céille éigin a bheadh ar siúl agam. Ach fan go bhfaigheadh sí féin faoina hionga arís mé ...!

Bhí Máire Aindí agus máthair Mhicilín á comhairliú teacht ar an taobh socair den scéal agus gan a bheith á cur féin chun tinnis i mo thaobh. 'Bhíomar go léir óg is gan chiall,' arsa Máire Aindí, 'agus cé mór do Jimín bocht tamall a bhaint as. Ní beag dó a luaithe a mhúinfidh an saol dó gur chun cruatain a rugadh sinn.'

Lena linn sin tháinig Daid ó theach m'aintín agus allas ar an gcapall aige. Nuair a chuala siad nach raibh mé i dteach m'aintín thit an lug ar an lag acu. Níor fhan aon chaint ag na mná a bhí fara Mam. Is amhlaidh a bhídís as sin amach, ina ngasraí ag cogarnach ag binn an tí nó i dtithe na gcomharsan. Nuair a bhí an lá ag breacadh chuaigh siad ina dtriúir is ina gceathrair do mo lorg ar fud na bpáirceanna agus cois na gclaíocha. Chuaigh siad barr na n-aillte siar, leis, agus iad ag iniúchadh síos agus eagla orthu go bhfeicfidís Jimín bocht smeadráilte thíos ar na clocha. Tháinig siad ar bharr an chuasa agus bhí siad ag féachaint síos tríd an visce go bhfeicfidís mo chorp i measc na feamainne thíos ar an ngaineamh. Ní fhaca siad, ar ndóigh.

Níor fhan aon chaint ag éinne ar an mbaile ina dhiaidh sin. Bhí gach éinne ag imeacht go ciúin agus éinne a labhraíodh is ag cogarnach a bhíodh sé. Tháinig Mam isteach abhaile agus shuigh sí ar an raca agus ní fhéadfadh éinne focal a bhaint aisti.

Mar sin a bhí go dtí ag déanamh amach ar a leathuair tar éis a cúig. Bhí Tadhg Mór ar an gclaí agus ráinigh leis naomhóg a fheiceáil ag déanamh ar an gcuas. Ní mór an tsuim a chuir sé sa scéal ar dtús go dtí gur tugadh casadh éigin den naomhóg. Ansin thug Tadhg léim as a chorp agus ghlaoigh sé ar an gcuid eile.

'Féachaigí an naomhóg sin,' ar seisean. 'Tá duine fara a ceart inti.' Ach, toisc go raibh an naomhóg dírithe ar an gcuas arís, bhí siad i bhfad go raibh deimhniú scéil Thaidhg Mhóir acu. Ansin baineadh casadh eile as an naomhóg agus chonaic siad go léir an ceathrar. Sin é an uair a tháinig a gcaint dóibh — gach éinne ag caint agus gan éinne ag éisteacht leis an dara duine ach á chur in iúl go raibh a fhios acu féin go maith cá raibh mé ach nár mhaith leo aon ní a rá.

Rith duine éigin isteach go dtí Mam agus d'inis an scéal di. Im briathar gur tháinig sí chuici féin, a bhuachaill. Siúd léi amach go dtí an claí, agus níor chorraigh sí ná níor bhog a súil den naomhóg gur ghabh sí béal an chuasa isteach. Ansin ghluais sí síos go dtí leac an bháid agus faghairt ina súil. Lean an baile go léir í.

Chomhairligh Tadhg Óg domsa, sular thángamar don chuas, dosaen de stracairí agus de mhaicréil shlána a chur ar chorda agus iad a bhreith go dtí Mam mar bhreab síochána. Thuig mé gur mhaith an chomhairle í agus bhí mo strapa ullamh agam nuair a bhuaileamar taobh na leice. Nuair a chonaiceamar an baile go léir romhainn sa chuas bhí iontas orainn cad a thug ann iad, ach nuair a chonaic mé féin Mam ina seasamh ar an leac thuig mé go maith cad a thug í. Níor thaitin a scéimh liom, agus ba bheag liom mar chosaint na stracairí. Bhí mé ag cur vaim, a dhuine, ach phreab mé as an naomhóg agus chuaigh mé faoina déin. Shín mé chuici an strapa éisc agus mé ar crith.

'Chugat féin a thug mé iad, a Mhamaí,' arsa mise, ach, a mhic ó, oiread agus féachaint níor thug sí orm ach chomh beag agus nach mbeadh ionam ach portán trá. Mheas mé go rachainn síos tríd an talamh le náire mar bhí an baile go léir ag féachaint orm. In ionad aon toradh a thabhairt ormsa dhírigh Mam ar lucht na naomhóige.

'Beo samhlófar sibh, a fheara,' ar sise. 'Is tuisceanach agus is nádúrtha na comharsana sibh. Is maith an aire a thug sibh go mbeadh m'aignese ar a suaimhneas feadh na hoíche aréir. Táim buíoch díbh, a fheara,' ar sise, 'agus gan a fhad sin de luíochán na bliana oraibh.'

D'iompaigh sí de scuab chun dul abhaile ansin.

Tháinig néal ar Dhonncha Pheig toisc bheith á dhaoradh is gan é ciontach, agus phreab sé. Dá mbeadh oiread aithne aige ar Mham agus a bhí agamsa d'fhanfadh sé ina thost. 'Tá sclábhaí maith teanga ag daoine áirithe,' ar seisean, 'agus ní fearr leo díomhaoin í, rogha acu ceart nó mícheart a bheith acu. Ach bíodh an diabhal agat!' ar seisean. 'Níl aon bheann agamsa ort.'

D'iompaigh Mam ar ais air. D'fhéach sí air óna hata síos agus ansin óna bhróga suas. Bhí drochmheas agus déistin san fhéachaint sin agus sa gháire a rinne sí ina diaidh. Ní mór a dúirt sí. 'Is ea, i nDomhnach!' ar sise. 'Donncha na hainnise is gan aon bheann aige ar éinne!' agus bhain sí croitheadh as a ceann agus ghabh sí suas abhaile agus mise roimpi amach agus mo strapa éisc agam agus iad ag bualadh i gcoinne mo cholpaí, agus mo chroí i mo bhéal.

Ní inseoidh mé an chuid eile de scéal na maidine sin duit — ba shearbh liom trácht air, ach nuair a bhí sé go léir i leataobh bhí sé socair i m'aigne agamsa nár mhaith an chiall dom dul ag iascach arís gan a insint do Mham roimh ré. Ciall cheannaithe a bhí agam. Ach sin é an dála agamsa i gcónaí é. Ní bhíonn ciall roimh ré choíche agam.

Caibidil XV

Mar a chuaigh Jimín le sagartóireacht

Bhí Mam ar feadh coicíse agus ní fhéadfainn a dhéanamh amach cad a bhí ag gabháil di. Ag machnamh a bhíodh sí, tá a fhios agat, agus stadadh sí uaireanta i lár a cuid gnó agus bhíodh sí ag smaoineamh. Ansin uaireanta eile d'fheicinn ag caint le Daid í ach ní bhíodh á rá ag Daid ach — 'Tá an ceart agat. Is agatsa is fearr a fhios, a chroí.' D'iarr mé ar Cháit faire a dhéanamh ar Mham féachaint cad a bhí ar siúl aici ach níl aon mhaith i gCáit chun spiaireachta agus b'éigean dom plean eile a tharraingt chugam.

Nuair a cuireadh a chodladh mé oíche chuaigh mé isteach don leaba tamall, ach ansin nuair a bhí mo mháthair agus Daid cois na tine sa chistin d'éalaigh mé isteach i seomra na beirte acu agus chuaigh mé laistigh de chlóca mór mo mháthar a bhí ar crochadh ar an mballa agus d'fhan mé leo go dtiocfaidís don seomra. Tá a fhios agat, bíonn siad go minic ag caint nuair a théann siad don seomra.

Ach ar m'anam go raibh feitheamh fada ar chosa laga agam mar chaith siad an oíche ag cadráil cois na tine agus na glúine ag lúbarnach agamsa. Ach fuair mé luach na foighne sa deireadh mar chuir Daid an madra an doras amach agus chuir sé an bolta sa doras agus tháinig sé féin agus Mam go dtí an seomra. Lean siad den chaint a bhí ar siúl thíos acu nuair a tháinig siad don seomra:

'Caillfimid mála airgid leis ach níl dul as, is dócha,' arsa Mam.

'Is ea, agus b'fhéidir gur abhaile arís chugainn a chuirfí é mar nach bhféadfaidh sé é féin a iompar,' arsa Daid.

Níor thaitin sin le Mam.

'Má tá drochiompar ann ní óna mháthair a thug sé é,' ar sise.

Bhain m'athair croitheadh as a cheann le mímhisneach: 'Och, mhuise,' ar seisean, 'is é an seanphort céanna i gcónaí agat é.'

Thuig mé féin ó na briathra sin gur don mhac seo a bhí siad ag tagairt. Sin é uair a d'éirigh an sot go léir orm chun fios a fháil cá rabhthas do mo chur agus conas a bhíothas chun an mála airgid sin a chaitheamh liom. Tar éis tamaill tháinig an bheirt acu chun bladair arís.

'Bainfidh sé deich mbliana de sula mbeidh sé ina shagart,' arsa Mam.

Ní mór ná gur thit mé féin i láthair mo chos nuair a chuala mé an méid sin, a dhuine. Mise i mo shagart! Chuir an scéal mearbhall orm agus ní mór ná gur sceith mé orm féin laistiar den chlóca.

'Arú,' arsa m'athair, 'b'fhearr liom é a chur le ceird éigin eile. Bíonn siad ina seandaoine anois sula dtugtar paróiste dóibh.' Ach thug Mam faoi arís agus dúirt sí nach chun airgid ná saibhris a dhéanfadh sí sagart dá mac féin ach chun seirbhís Dé.

D'éist Daid tamall, ambaiste, tar éis an mhéid sin. Ansin ar seisean:

'Cé a dhéanfaidh an treabhadh agus an fuirseadh nuair a bhuailfidh an aois mise?'

'Nár lige Dia go mbuailfeadh, mhuise, laige ná aois tusa, a dhalta!' arsa Mam. Ón nglór a bhí ina guth thuig mé gur searbhas a bhí ar siúl aici. 'Ach ná bíodh eagla ort,' ar sise, 'gheobhaidh mise cliamhain isteach duitse a rachaidh i mbun seisrí duit.'

'Uf,' arsa Daid, agus d'iompaigh sé ar a chliathán agus thit a chodladh air.

Bhí Mam uair an chloig sular thit aon néal uirthi agus deirimse leat go raibh na cosa fuar go maith agamsa sular fhéad mé éalú as an seomra.

Ar maidin nuair a chonaic mé Cáit: 'Beidh mise i mo shagart,' arsa mise.

Gháir Cáit. 'Ní bheidh, mhuise,' ar sise, 'ach beidh mise i mo bhean rialta.'

'Cuir uait, ambaiste!' arsa mise. 'Fanfaidh tusa sa teach seo agus tabharfaidh Mam fámaire de chliamhain isteach chun tú a phósadh agus chun an treabhadh a dhéanamh do Dhaid. Níl dul as agat — tá sin socair i do chomhair ag Mam.'

Chrom an óinsín ar ghol agus cé a chuala í ach Mam.

'Cad é seo anois ort?' ar sise.

'Bhu-hú!' arsa Cáit. 'Ní phósfaidh mise aon chliamhain isteach!'

D'fhéach Mam uirthi agus ansin d'fhéach sí ormsa. Cheap mé féin, ambaiste, gurbh fhearr rith maith ná drochsheasamh agus chuir mé díom suas go teach Mháire Aindí.

Máire agus Nell a bhí istigh.

'Ara, cad a thug chomh luath seo ar maidin thú?' arsa Nell.

'Mam, dar fia, a chuir an rith orm,' arsa mise, 'i dtaobh gur inis mé do Cháit go raibh siad chun cliamhain isteach a fháil di.'

'Arú, a bhligeairdín, cad a chuir é sin i do cheann?' arsa Máire Aindí.

Chuir sé sin olc orm féin.

'Ní haon bhligeard mé,' arsa mise, 'ach tá Mam chun sagart a dhéanamh

194

díom agus beidh sibh go léir ag tabhairt "Father James" orm ansin agus b'fhéidir nach dtabharfá bligeard an uair sin orm.'

'Mo ghrása Dia,' arsa Máire, 'ag magadh fúm atá tú.'

'Níl aon fhocal éithigh ann,' arsa mise, agus d'inis mé di gach aon ní. Níor fhág mé aon ní istigh nár scaoil mé amach. Ní raibh leigheas agam air — ní fhanfadh an riach ruda istigh. Sin é an locht mór atá ormsa, tá a fhios agat, mé a bheith i mo bhéal le hÉirinn. Ní cheilim faic ar éinne ach ar Mham, ach faigheann sí sin fios ar mo ghnóthaí gan mise á n-insint in aon chor di.

Ní túisce a bhí mo bhotún déanta agamsa ná bhí sé go léir inste ar fud an bhaile. Ní raibh an oíche ar fónamh ann nuair a ghabh Máire Aindí isteach go dtí Mam.

'Mhuise, go gcothaí Dia daoibh é, an scéal maith,' ar sise.

'Cad é an scéal?' arsa Mam.

'Jimín beag a bheith ag dul le sagartóireacht, bail ó Dhia air,' arsa Máire.

Baineadh an-phreab as Mam bhocht. Níor fhan focal aici. D'fhéach sí anall ormsa agus mheas mé nár fhan oiread luiche ionam leis an scanradh. Chonaic mé go raibh sí go cráite dóite toisc an scéal a dhul amach roimh ré. Níor mhaith liom í a bheith ag féachaint orm agus d'imigh mé liom go maolchluasach go dtí an leaba agus gan é ach a leathuair tar éis a seacht. Deirimse leat nach raibh mé buíoch de mo theanga, mar cheap mé siúráilte go bhfaighinn burdáil mhaith an oíche sin. Ach ní bhfuair mé, a dhuine. Nuair a bhí Mam ag dul a chodladh tháinig sí le coinneal mar a raibh mise agus d'fhéach sí orm. Bhí mé i mo chnap codlata, a mhic ó, agus nach n-osclóinn súil liom ar mhíle punt.

'Hum,' ar sise, 'codladh an traonaigh chugatsa, a bhuachaill,' agus thuig mé go raibh drochamhras aici ar an suan a bhí orm. D'imigh sí, áfach, agus thug mé mo bhuíochas do Dhia a thug saor an uair sin mé.

Bhí babhta bruíne agam féin is ag Micilín Eoin lá arna mhárach. Nuair a chonaic sé chuige mé, 'Ara, féach aníos "Father James"!' ar seisean. Tháinig beirfean oilc orm chuige agus lean mé suas don pháirc é agus chuir mé fuilsrón leis. B'fhéidir go múinfeadh sin béasa dó. Ach níor stop sin an chuid eile den bhaile, mar bhíodh an t-ainm ar siúl acu go léir orm — mór mór ag na sciotairí gearrchailí. Bhí mé cráite acu, ach mé féin faoi deara é a scaoil le mo theanga i láthair Mháire Aindí.

Ar feadh trí seachtaine ina dhiaidh sin ní dheachaigh stad ar Mham ach ag ullmhú rudaí dom. Thug sí trunc nua ón Daingean chugam agus bhí seó rudaí istigh ann. Bhí léinte ann agus tuáillí agus cíor do mo chuid gruaige agus máilín beag chun mo léine oíche a chur isteach ann, a dhuine. Bhí hainceasúir phóca, leis, ann, agus stocaí, agus rinne an táilliúir dhá chulaith éadaigh dom. Fuair mé dhá phéire ghleoite bróg nach raibh aon tairne iontu ach iad ag gíoscán nuair a shiúlainn.

Bhí mé ag gabháil an bóithrín síos lá nuair a ghlaoigh Tadhg Óg ar ais orm. 'Cogar i leith, a Jimín,' ar seisean, 'cad atá an dá bhróg sin a rá le chéile?'

'Déan a fhiafraí ar do sheanmháthair!' arsa mise.

Bhí mé cráite aige ach ní dhearna sé ach gáire fúm. Is dóigh leis go bhfuil sé an-smeairteálta.

Beidh mé ag imeacht amárach agus de réir mar a chloisim ní rómhór an t-aga a bheidh agam chun a thuilleadh cuntais mar seo a scríobh. Is dócha go bhfuil an cruatan romham. Deir Mam liom go gcuirfear urchall ansiúd liom agus srian agus go mbeidh mé ag gol fós i ndiaidh mo mháthar agus an tsaoil bhreá a bhí agam uaithi. Dar fia, má bhíonn siad níos crua orm ná mar a bhí Mam tá an riach buí go léir orthu. Ní rómhaith atáim in aon chor istigh liom féin na laethanta seo agus ar dhá bhiorán ní rachainn in aon chor ann. Táim idir fonn is faitíos, a dhuine, ach tá beartaithe agam má bhíonn an scéal ródhian orm sa Choláiste nach bhfanfaidh mé acu, dar fia!

Tháinig Máire Aindí aréir agus thug sí dhá phéire stocaí dom. Thug Tadhg Óg is Nell bille puint dom. Tháinig Micilín Eoin chugam ó chianaibh agus bhí saghas náire air agus ní dúirt sé aon ní go ceann tamaill. Ansin tharraing sé scian as a phóca agus chuir sé i m'aice ar an mbord í agus deora óna shúile. Thug sé iarracht ar rud éigin a rá ach ní fhéadfadh leis an tocht goil. Ansin rith sé an doras amach uaim ag gol. Deir Cáit go raibh Micilín an-cheanúil ormsa. Thug mé an píopa adhmaid a bhí i bhfolach sa stáca agam do Cháit chun é a thabhairt do Mhicilín amárach.

Tá mo thrunc pacáilte sa chistin. An rud deireanach a chuir Mam ann ná císte mór aráin go raibh rísíní ann. Tá na comharsana ar fad sa chistin — is dócha gur mar gheall ormsa é. Thug a lán acu scillingí agus leathchorónacha dom agus bhí siad go léir do mo chomhairliú agus do mo mholadh. Tá Cáit ag gol ó tháinig an tráthnóna agus níl focal as Daid. Nílim féin ar mo chúilín seamhrach ach chomh beag le duine. Níl éinne go ceart ach Mam. Ní chorródh an saol í sin.

Tá siad go léir imithe abhaile agus dúirt Mam liomsa dul a chodladh. Nuair a tháinig mé don seomra lean sí mé agus bhí sí i bhfad do mo chomhairliú. Ansin rug sí barróg orm agus phóg sí mé agus chonaic mé deora ina súile nuair a d'imigh sí.

Ní mór go bhfeicim féin an páipéar seo go bhfuilim ag scríobh air le gach re racht goil agus uaignis.

Caithfidh mé stad, is dócha, agus an peann a ligean ar lár. Aon rud dár scríobh mé mar gheall orm féin go dtí seo níor chuir mé ann ach an fhírinne ghlan. Tá a fhios agaibh anois cad é an saghas mé. Dá mbeinn ar nós a lán de m'aithne ní bheinn chomh béalscaoilte i dtaobh mo lochtanna féin, agus cheapfadh sibh ansin gur buachaill maith mé. Ach is crua an scéal ar bhuachaill a bheith go maith — mharódh sé é tar éis aon seachtaine amháin. Dhéanainnse mo dhícheall uaireanta mé féin a iompar ach chaithinn briseadh amach arís gan buíochas dom. Tá gach éinne chomh holc liom. Ní fheicimse éinne go ceart ach Mam.

Caithfidh mé dul a chodladh. Beannacht Dé agaibh go léir agus más fiú libh orm é, iarraigí ar Dhia go gcuirfeadh Sé Jimín Mháire Thaidhg ar a leas.

FINIS

200

SLÁN LE JIMÍN!

A Jimín, a dhalta, céad slán leat is beannacht,

In Ollscoil na sagart go maire tú do cháil!

Róghairid linn d'fhan tú le do ghasra inár bhfara

Is é scaradh na gcarad sibh scaipthe chun fáin.

Mam agus Daid bocht, is Cáit bheag gan ghangaid,

Tadhg Óg a sheasadh ceart duit, is Nell a thugadh gean,

Micilín do chara, Beit Mhór is Máir' Aindí —

Cad a dhéanfaimid feasta ina n-éagmais ar fad?

I gceartlár an mhacha ar leathchois faoi mhairg,

Tá an gandal ina sheasamh go cantalach, díomách,

Aon bhraon den 'stuif dearg' anuraidh a chuir maig air

Is a d'fhág leata san easair é, níl sé le fáil.

Níl cuntas imeachta lucht diúgtha an leanna

Lá móna a bhaint ná lá reatha na mbád,

Is tá uaigneas dá dheasca is duairceas sa Daingean

Na leanaí gan cheacht ann is na bacaigh gan ábhacht.

Tá tú imithe, a thaisce, is ní plámás ná bladar
Uainne a thug taitneamh do d'eachtraí é a rá,
Arís chugainn go gcasa tú le 'holcas' nó 'maitheas'
Is beimid ag faire do theachta gach lá.
Agus guímid an Seabhac le do chliabhán a sheasaimh
Ár ngéarghá a fhreastal le scéal uait i dtráth,
In éide gheal sagairt go bhfeictear ar ais thú —
Nó b'fhéidir i d'easpag, a bhuachaillín bháin.

'Cloch Labhrais'

Caibidil I

ní fheadar: níl a fhios agam.

cad ab áil leis: cad ba mhian leis.

an t-uchtach: glór láidir.

a mhuiricín: ambaiste; leoga.

caoch: dall.

cruthanta: baileach; amach is amach.

an gheanc sróine: barr na sróine iompaithe in airde beagán.

lena mháthair is dealraithí é: tá sé níos cosúla lena mháthair.

spior spear den scéal: a bheag a dhéanamh de scéal.

caithiseach: tarraingteach; gleoite.

an cupard: an cófra.

tháinig sciatháin air: tháinig an-áthas air.

an bhunóc: an naíonán.

go raibh an t-éitheach aici: go raibh bréag á hinsint aici.

na rudaí beaga: na leanaí beaga.

oiread na fríde: píosa beag bídeach.

scafa: cíocrach.

an bhuaile: páirc fhéarmhar.

ní dhearna sin do mo mháthair é: ní raibh mo mháthair sásta leis sin.

fiarshúil: camshúil; claonsúil.

drochiontaoibh: drochmhuinín.

ag caitheamh grin: ag caitheamh gairbhéil.

ag cur crúca: ag cur láimhe nó crúibe.

an céachta: acra a úsáidtear chun talamh a threabhadh.

an phraiseach ar fud na mias: gach rud loite.

bacach: gan a bheith in ann siúl i gceart.

an sraimleálaí: duine gan mhaith.

an murdar: leagan den fhocal Béarla, *murder*.

Caibidil II

an bhroid: an brú.

sa mhullach orm: anuas orm; ag cur as dom.

faic dá bharr: tada; rud ar bith.

leathcheann: taobh an chinn.

léasadh: lascadh; bualadh.

namhaid aiceanta: deargnamhaid; duine nach dtaitníonn liom ar chor ar bith.

ag imirt póiríní: cluiche traidisiúnta a imríodh le cúig chloch.

sceith an spreasán orm: scaoil an duine gan mhaith mo rún.

an cúl-lochta: lochta nó seomra cúng thar an tinteán i seantithe feirme.

an bóiricín: duine a bhfuil cosa cama aige.

an ghoimh air: fearg air.

fear an dá chos bhóracha: fear a bhfuil dhá chos chama aige.

téanam ort: tar liom.

speabhraídí air: rámhaille air.

ceann cipín: ceann maide gan aon chiall; amadán.

súiche: púdar a chruthaítear nuair a dhóitear móin nó gual.

laistiar díom: taobh thiar díom.

Caibidil III

sos comhraic: briseadh sa troid.

gearrchailí: cailíní.

scríob dá teanga: scalladh beag dá teanga.

an óinsín: cailín beag gan chiall.

ag gol: ag caoineadh.

níl aon mhaith chun reatha inti: níl sí tapa ag rith.

na guailleáin: na gealasacha; dhá bhanda gualainne a choinníonn

bríste in airde.

greamaithe: gan bhogadh.

dhá bhuaircín: dhá bhiorán adhmaid.

beart náireach: rud gránna.

an straidhn: an fhearg.

an fuadar a bhí fúm: an deifir a bhí orm.

cnapán lathaí: dornán láibe.

sliogán ruacain: cineál sliogáin a aimsítear cois farraige.

rud a chur ar neamhní: rud a chur ar ceal; rud a chur as ar fad.

an cladhaire: an rógaire.

Caibidil IV

sciomartha: sciúrtha.

ruainne lathaí: píosa beag den lathach.

log uisce: linn uisce.

ar an bhfaobhar: ar an imeall.

ba dhóbair domsa dul: ba bheag nár imigh mé.

ní raibh gíog as: ní raibh focal as.

ina steillbheatha: beo beathach.

gach re nóiméad: gach dara nóiméad.

bó ar adhastar: bó le téad ar a muineál.

ag eascainí: ag mallachtach.

ag lochtú daoine: ag tabhairt amach faoi dhaoine.

scaimh: drannadh.

cleithire: duine ard.

básacháin: ainmhithe a bhfuil cuma an bháis orthu.

sprionlaitheacht: ceacharthacht.

an súlach buí: an sú buí.

réal: bonn airgid sé pingine.

scilling: bonn airgid dhá phingin déag.

toistiún: bonn ceithre pingine.

puins: an deoch *punch*.

chomh héadrom le sop: chomh héadrom le brobh féir.

satlóidh mé ort: seasfaidh mé ort.

an-ainnis: an-dona.

síneadh ar mo shlat mé: thit mé ar mo dhroim.

dhá raispín de bhuachaillí: beirt chladhairí de bhuachaillí.

cábóg: dúramán.

Caibidil V

dúthracht: dícheallacht.

gandal: gé fhireann.

tor mór cuilinn: craobh mhór chuilinn.

eidhneán: planda a fhásann ar bhallaí.

pósae bó bleacht: pósae bláthanna fiáine.

caith uait na céapars sin: éirigh as an ngníomhaíocht sheafóideach sin.

d'anam don diucs: d'anam don riach; d'anam don diabhal.

próca mór: crúsca mór.

scailpeanna den mhoirtéal: píosaí de mhoirtéal.

díobháil: dochar.

uisce beirithe: uisce an-te (100 céim Celsius).

masmas: fonn múisce.

foghail ar an gcupard: slad ar an gcupard.

bhí sé á shuaitheadh féin: bhí sé á chroitheadh féin.

ag míogarnach: ag suanaíocht.

ina chocstí: ina phraiseach.

ar na croití deiridh: ar tí bás a fháil.

Caibidil VI

Lá an Dreoilín: Lá Fhéile Stiofáin, 26 Nollaig.

aon ní: aon rud.

nuair a bhíonn Mam ag deargadh beara air: nuair a bhíonn Mam á ionsaí.

ag caitheamh caidhtí: cluiche traidisiúnta.

lamhnán gaoithe: balún déanta as lamhnán (nó bleadar) ainmhí.

spriúch sí: spréach sí; phléasc sí.

pluda: lathach; láib.

culaith óinsí: éadaí óinsí.

mo Dhaid Críonna: mo Sheanathair.

os cionn an iarta: os cionn na tine.

aghaidh fidil: masc.

an Choróin Mhuire: an Paidrín; paidir ar leith.

greasáil: bualadh.

an tÁibhirseoir: an Diabhal.

bhí ciotaí sa scéal: bhí castacht sa scéal.

caidhp bhiorach pháipéir: hata stuacach mná déanta as páipéar.

bhí gearranáil uirthi: bhí a hanáil i mbarr a goib.

an-gheoin: an-siansán.

a chorraghiob: a ghogaide.

an bhreall a bhí air: an pus a bhí air.

bhí sé á rúscadh liom: á gcaitheamh go gasta i ndiaidh a chéile.

balcaisí: éadaí.

Máire Ní Ógáin: bean dhathúil a raibh cáil óinsí uirthi.

greadta, scólta: dóite.

ag tathant: ag gríosú.

sceimhle mór an Luain: an scanradh a bhaineann le Lá an Luain (Lá
an Bhreithiúnais).

cuma mhíchéadfach: cuma mhíghiúmarach; cuma mhíshásta.

scaimh: goimh.

tá aithreachas anois air: tá aiféala anois air.

aithrí thoirní: aithreachas an-ghasta (tagtha ar dhuine).

d'éalaigh mé féin chun súsa: d'imigh mé chun na leapa.

Caibidil VII

cleamhnas: margadh an phósta a bhain leis an seansaol
traidisiúnta Gaelach.

ag tabhairt greadadh dó: á bhualadh.

glaigín gan éifeacht: blaoscach gan mhaith; duine gan chiall.

spré: airgead nó maoin a chuireann duine ar fáil (bean de ghnáth)
mar chuid den chleamhnas.

an-chríonna: an-sean; an-ghaoiseach.

tá éileamh aici ar Thadhg Óg: tá dúil aici i dTadhg Óg.

rian an ghoil uirthi: an chuma uirthi go raibh sí ag caoineadh.

las sí: tháinig dath dearg ar a haghaidh.

an seanchníopaire: an seansprionlóir.

iothlainn: gairdín feirme ina gcoinnítear féar tirim agus a leithéid.

stócach: fear óg gan a bheith pósta.

ceárta: láthair oibre an ghabha.

an gabha: duine a oibríonn le miotal.

clab: béal oscailte.

meangadh gáire: aoibh an gháire.

straidhn: deargbhuile.

toice: plucaire; duine dána.

an ruidín súigh: duine stálaithe; duine gan mhaith.

a sheanphlaitín scúite: a sheanduine mhaoil stálaithe.

suainseán ban: cúlchaint na mban.

Caibidil VIII

ar na craobhacha: ar buile; ar mire.

ba dhóbair di mé a ithe: ba bheag nár ith sí mé.

an cíocras: an t-ocras.

á snoí leis an bhfiosracht: á meilt ag iarraidh fios an scéil a fháil.

ag cadráil: ag geabaireacht; ag comhrá.

fámaire de phóg: póg mhór.

bhreoigh Micilín: d'éirigh Micilín tinn.

léasadh: lascadh; bualadh.

ina choilichín paor ag an dúiche: ina cheap magaidh go háitiúil.

gluaisteán: mótar; carr.

támáilte: cúthail.

na pleidhcí: na hamadáin.

bhí cathú orm: bhí aiféala orm.

bhí mé i riocht goil: an chuma orm go raibh mé ar tí caoineadh.

an Inid: tréimhse i bhféilire na hEaglaise Caitlicí roimh Chéadaoin an Luaithrigh.

an Carghas: tréimhse i bhféilire na hEaglaise Caitlicí ó Chéadaoin an Luaithrigh go dtí an Cháisc.

cliamhain isteach: fear céile na hiníne a bhogann isteach i dteach mhuintir na hiníne.

Caibidil IX

ar seachrán: amú; ar strae.

níor éirigh idir mé féin agus Mam: ní raibh aon troid idir mé féin agus Mam.

fuireach: fanacht.

uair umá seach: anois is arís.

scaimh an oilc: strainc an oilc; grainc an oilc.

ag gabháil stealladh ormsa: do mo smachtú.

gabháil mhóna: baclainn mhóna.

caorán: píosa beag d'fhód móna.

d'imigh sé ina stráicí: stróiceadh é.

an beiste bainne: soitheach a choinníonn an bainne fuar.

gliomach: crústach na mara.

an chaid: liathróid.

maide rámha: bata rámha.

an-suaite: an-gharbh.

urlacan: ag caitheamh aníos.

sladaíocht: foghlaíocht; scrios.

má bhí Sé in earraid linn: má bhí Sé (Dia) míshásta linn.

go prionsabálta: go cinnte.

tochta báid: binse báid.

mairbhití: marbhfhuacht.

naomhóg: curach; cineál báid.

dabhach mhór: pota mór.

do mo photbhiathú: ag déanamh peataireachta orm; ag tabhairt bia
dom ar spúnóg.

Caibidil X

spiaire: duine a bhíonn ag spiaireacht / ag faire ar dhaoine nó
ar rudaí.

i dteannta: i sáinn.

fuspar i leith: cogar i leith.

deiseal: ar deis.

geáitsí an tsaighdiúra: iompar an tsaighdiúra.

clabhta: buille.

fáiscthe: ceangailte.

is olc an sás mo mháthair: níl sí go maith chun na hoibre sin.

an gobhairmint: an rialtas.

mo ghraidhin iad!: na créatúir bhochta!

ag breith eolais chuige: ag tabhairt eolais dó.

smíste amadáin: amadán mór.

scraithín: fóidín.

faoi chlúid na hoíche: faoi bhrat na hoíche.

d'fhaireamar é: choinníomar súil air.

ar leathchois: cos amháin.

fiarshúileach: camshúileach.

d'anam don riach: d'anam don diucs; d'anam don diabhal.

bhí drochfhuadar fúthu: bhí diabhlaíocht ar bun acu.

ag lámhacán: ag bogadh ar lámha agus ar chosa ar nós linbh.

bearránach: rógaire.

gasra: grúpa.

na ceangail: glais lámh.

ag dul i bhfanntaisí: ag titim i laige.

Caibidil XI

an mheitheal: grúpa daoine ag obair i gcomhar.

cloig: spuaiceanna; boilg.

róbheirithe: róbhruite; an iomarca ama caite in uisce te.

ar leithligh: i leataobh.

failp: boiseog; buille.

sleán: spád a úsáidtear chun móin a ghearradh.

thiomáin sí Daid: thug sí ordú do Dhaid; bhrostaigh sí Daid.

sáilíní na cairte: píosaí de na leathlaithe a bhíonn ag gobadh amach as deireadh cairte.

i dtoll a chéile: sa mhullach ar a chéile.

ag gliogarnach: ag cnagarnach; ag bualadh.

leamhnacht: bainne úr.

ladhar siúcra: crág siúcra.

riach: diabhal.

óspairt: timpiste.

sáspan: muga stáin.

cipíní giúise: bataí beaga giúise.

caoráin thirime: píosaí beaga tirime móna.

eascann mhór: iasc sleamhain a bhfuil cuma nathrach air.

aighneas mór: troid mhór.

néal buile: an-fhearg.

mo dhá dhearna ar lasadh: mo dhá bhos an-te.

ba bhreá an fionnuarú é: thug an fuacht faoiseamh dom.

méithmhóin: móin mhaith.

spairt: fód móna atá fliuch.

giuirléidí: traipisí; mionrudaí pearsanta.

an t-earc luachra: niút; ainmhí beag amfaibiach.

sníomhaí snámhaí: ainmhí sleamhain.

Caibidil XII

púca: taibhse.

spior spear: beag is fiú.

teanntaithe: i bponc.

go mbuailfeadh an capall speach orm: go dtabharfadh an capall cic dom.

frídíní galair: bitheoga a chuireann tinneas ar dhuine.

sceilmis: scanradh.

bairrlín bán: éadach mór bán.

cearc a bhí ar gor: cearc a bhí ina suí ar a cuid uibheacha.

danartha: cruálach.

thug Dia an chluas bhodhar dúinn: níor éist Dia linn.

an carball: an giall; cuid den bhéal.

i ngalar na gcás: i gcás idir dhá chomhairle.

saoráideach go leor: éasca go leor.

an amhailt: an púca; an t-arracht.

an scraiste: liúdramán; duine leisciúil.

beidh mise suas le Tadhg: bainfidh mé díoltas amach ar Thadhg.

Caibidil XIII

duileasc: cineál feamainne (planda farraige) atá inite.

i ngiorracht scread asail dúinn: i ngar dúinn.

ag liúireach: ag béicíl.

gaisce: éacht; gníomh as an ngnáth.

fochall: píosa folamh.

laincis: srian.

thar mám: bealach thar sliabh.

deabhadh: deifir.

rad sé: d'imigh sé leis go gasta.

scothán: tor; sceach.

giodam: spleodar; fuinneamh beoga.

má bhí tart orthu bhí sás a mhúchta ann: bhí bealach acu chun fáil
réidh leis an tart.

á dhiúgadh: á shlogadh; á ól siar.

sobal ar a bpusa: cúrán ar a mbéil.

díth céille: easpa céille; easpa brí.

scríbíní: sprionlóirí.

flúirseach: fairsing; líonmhar.

an diach liúradh: an diabhal greadadh; an diabhal bualadh.

chomh tiubh le tiul: go sciobtha i ndiaidh a chéile.

an t-aon muileata: cárta tábhachtach i gcluiche cártaí.

sa bhaithis: barr an éadain.

sa ghráscar: sa ghrúpa daoine nach raibh aon ord ag baint leo.

tranglam: neamhord; mí-eagar.

ag tnáitheadh a chéile: ag traochadh a chéile.

an suaitheadh agus an sioscadh: an tormán agus an seordán.

gur beag an teaspach a d'fhágfadh sí orthu: nach mbeadh sí chomh

spleodrach céanna.

an svae: an bua.

steall den phórtar: braon den phórtar.

cúrán bán: sobal bán.

dola: rud a úsáidtear chun maide rámha a cheangal le bád.

feall: drochghníomh.

gíotam: gráscar; troid bheag.

paor: ábhar magaidh.

Caibidil XIV

cuas: camas; bá faoi fhothain.

ag ráthaíocht: éisc ag bailiú le chéile.

maidí snaidhmthe: maidí ceangailte.

mogall: cineál éadaigh as an ndéantar líonta don iascaireacht.

braighdeán: corda ceangail.

iad a ruaigeadh: fáil réidh leo.

ag séideadh faoi: ag cur isteach air.

dath an chopair: dath rua na meirge.

in áit éigin chun toirmisc: in áit éigin chun donais.

ba shia liom gach nóiméad ná uair an chloig: bhraith mé go raibh

gach nóiméad níos faide ná uair an chloig.

tóithín: muc mhara.

cráin mhara: muc mhara bhaineann.

madra éisc: cineál éisc.

cailleach bhreac: cineál éisc atá ar fáil gar don chósta

Atlantach.

ní maíte a saol uirthi: ní bheifeá in éad léi.

ag ainliú: ag socrú; ag stiúradh.

sceamh: béic.

fobhreac: corrbhreac; cúpla breac.

ráinigh linn: d'éirigh linn.

go seamhrach: go croíúil.

crostáilte: deacair plé leis; crosta.

ag coirpeacht nó ag díth céille: ag diabhlaíocht nó amaidí éigin.

thit an lug ar an lag acu: theip ar a misneach.

smiodartha: briste.

im briathar: dar mo bhriathar.

faghairt ina súil: tine ina súil.

breab síochána: bronntanas chun síocháin a dhéanamh.

is ea i nDomhnach: is ea, leoga.

colpaí: cúl na gcos.

ciall cheannaithe: ciall a thagann chuig duine i ndiaidh dó an rud mícheart a dhéanamh.

Caibidil XV

an sot: an dúil; an fonn.

i mbun seisrí: ag treabhadh.

go maolchluasach: go cloíte; náire orm.

mé a bheith i mo bhéal le hÉirinn: béalscaoilte; insím gach rud do gach duine.

ní cheilim faic: insím gach rud.

burdáil: léasadh; buille.

codladh an traonaigh: codladh fada.

babhta bruíne: babhta troda.

beirfean oilc: fíorolc; olc mór.

chuir mé fuilsrón leis: thug mé buille dó sa tsrón agus thosaigh a shrón ag cur fola.

na sciotairí gearrchailí: na cailíní seafóideacha.

hainceasúirí: ciarsúir.

ag gíoscán: ag díoscán; torann a dhéanann bróga nuair a shiúltar iontu.

an-smeairteálta: an-ghlic.

an t-aga: an t-am.

urchall: laincis; srian.

ó chianaibh: tamall ó shin.

nílim féin ar mo chúilín seamhrach: níl mé ar mo sháimhín só; níl mé ar mo chompord.

220

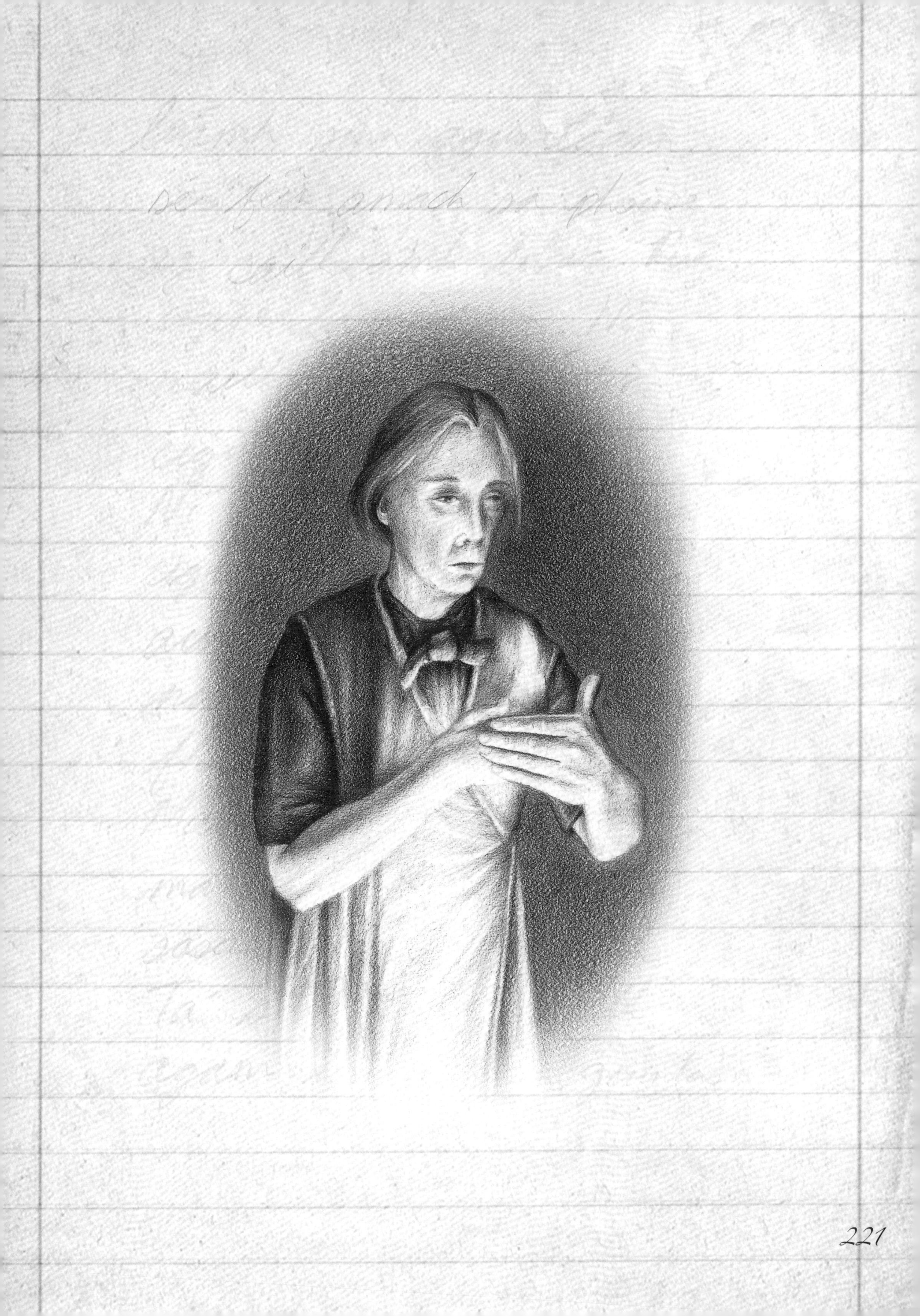